Blutregen

AF198691

Nadine Morgenbrink

Blutregen

Roman

Kindersoldaten.
Soldatenkinder.
Kindheitssoldaten.
In ihrer Kindheit versklavt...

Maurice war schon vierzehn. Einer von den Großen. Ein Waghalsiger. Maurice war schlau. Jedenfalls in den Augen der kleineren Kinder und in seinen eigenen. Die Erwachsenen fanden ihn zu aufschneiderisch und viel zu risikofreudig. Ja, nicht nur die Erwachsenen, auch der kleine Laurent ging ihm lieber aus dem Weg.

Laurents Eltern waren arm. Arm wie die anderen Leute im Dorf. Die Hütten klein und ohne jeden Komfort. Im Fernsehen - im Dorf gab es nur das eine Gerät - hatte Maurice gesehen, wie sie in den Städten lebten. Sogar in Goma war einiges los und er hatte von einem Typen von dort gehört, dass man es zu einer schicken Villa bringen konnte, wenn man nur genug Glück hatte. Aber nicht jeder hatte Glück. Manche kratzten vorher ab oder hielten nicht durch. Die wenigsten hatten Glück. Sonst wäre Goma voller Villen. Er aber würde es schaffen, da war Maurice sich sicher.

„Du musst in den Minen arbeiten", hatte Maurice zu Laurent einmal gesagt. Der war acht und hatte keine Ahnung von dem, was da aus dem Stein befördert wurde, wusste nicht, dass das Zeug wichtig war für die Menschen im Westen, die Mobiltelefone daraus machten. Oder dass sie sich die Diamanten um die Hälse hängten zum Zeichen ihres Reichtums - auch das war ihm egal. Laurent wusste nur, dass das Dorf keine echte Perspektive bot. Das wusste schon dieser Achtjährige, dessen zerschlissene Schuluniform vortäuschte, dass er regelmäßig eine Schule besuchen würde. Tat er aber nicht, weil die Schule gar nicht immer offen war und außerdem viel zu weit weg. Mal waren die Lehrer da, mal waren sie es nicht. Das war der Krieg. Ein Leben voller Fragezeichen. Aber das kleine Dorf bot Laurent eine Heimat, ein Gefühl der Sicherheit. Er kannte den richtigen Krieg nicht. Noch nicht.

Das Dorf, wie sollte man es beschreiben? Es war eine Ansammlung einfacher Hütten. Drüben in Ruanda waren die Häuser heute alle viel schöner, hatte Laurents Vater immer mal wieder behauptet. Sein Onkel war drüben gewesen. Hatte Handel betrieben. Da hatten jetzt die Tutsi das Sagen und viele Hutu, die einst die herrschende Volksgruppe waren, lebten hier im Kongo. Und daher kämpften *die* aus Ruanda immer wieder mal gegen Hutu-Rebellen im Kongo. Aber irgendwie kämpfte hier in dieser Gegend sowieso jeder gegen jeden. Laurents Vater hielt sich lieber raus. Krieg und Verderben kannten keine Grenzen. Es war schwer, sich dem Krieg zu entziehen, denn im Krieg wirst du dauernd gefragt, zu wem du gehörst. Mal kamen die M23-Kämpfer, die ihre ganz eigenen Ziele verfolgten. Dann waren es die Milizen der Hutus, die für ihre Rückkehr nach Ruanda kämpften. Ein weiteres Mal tauchten plötzlich Mau-Mau-Gruppen aus Nachbardörfern auf. Da wusste dann manchmal niemand so recht, was deren Ziele überhaupt waren.

Laurent war acht Jahre alt und seit seiner Geburt daran gewöhnt, dass es Krieg gab in Nord-Kivu, der Provinz in der er lebte. Wenn nicht ein hässlicher Vulkan-ausbruch Lava auf Goma kippte und die Menschen ärgerte, dann ärgerten sich die Menschen gegenseitig und bekriegten sich. Ab und an verirrten sich mal Hilfsorganisationen der Weißen in die Gegend. Dann gab es Säcke mit Mais oder Reis, Medizin oder sonst irgendwas Nützliches. Dann waren alle ganz aufgeregt. Laurent konnte sich daran noch gut erinnern. War im Jahr zuvor. Da war es über Wochen hinweg ordentlich nass gewesen. So heftige Regenfälle hatte es Jahre nicht gegeben. Das haben die Männer im Dorf tagein, tagaus gesagt. Alles Gemüse war kaputt. Sie wussten manchmal gar nicht mehr, was sie noch essen sollten. Laurent kannte das scheußliche Gefühl der Leere im Bauch nun auch.

Maurice war der Anführer der Jungs und der, der meist die großen Reden hielt. *Man könnte doch mal... Eigentlich sollte man doch... Man müsste sich nur vorstellen...* Gemacht hat er wenig davon. Ach, eigentlich hatte er gar nichts gemacht. Rumsitzen tat er am Dorfplatz und den Alten auf die Nerven ging er. „Dann geh doch nach Goma, wenn da alles so viel besser ist", hat ihm einer der Dorfältesten einmal plump um die Ohren gehauen. Aber da hat Maurice gar nicht gewusst, wie er hinkommen sollte. Goma war zwar nur gut hundertzwanzig Kilometer vom Dorf entfernt, aber man musste ja erst einmal zu der Straße gelangen, die nach Goma führte und das war schon eine halbe Weltreise für die Bewohner der kleinen Weiler hier draußen. „Und dann, mein *Kleiner*", sagte eine alte Frau einmal recht provokativ zu Maurice,

„sitzt du in der Stadt und weinst vor Einsamkeit, weil deine *Maman* nicht da ist." Da hatten sie alle gelacht. Die Männer und die Frauen, die Tag für Tag unter dem riesigen Baum im Schatten saßen und ihre Geschichten erzählten. Meist die Geschichten von früher, von damals, als alles entweder viel besser war oder doch noch viel schrecklicher als heute. Es kam nur auf den Blickwinkel der Leute an.

Geändert hatte sich ja nicht viel in dieser gottverlassenen Gegend hier draußen. Sie wussten natürlich, dass es Autos gab. Im Dorf standen ja sogar zwei herum. Eines funktionierte so ein bisschen, das andere war eine Art Spielplatz für Kinder, Ziegen und Federvieh. Es gab Telefone. Aber von den modernen Dingern, die die weißen Stadtmenschen im Fernsehen mit sich herumtrugen, träumten sie hier draußen alle nur. Laurent und vor allem Maurice natürlich auch. Ein klappbares Handy. Das wäre es. Im Dorf gab es nur einen Fernseher. Es knisterte, wenn man die Antenne drehte. Der Fernseher stand beim Dorfältesten im Haus. Der reichste Mann im Dorf hatte wohl auch noch einen, aber er ließ niemanden mit schauen. Er hatte drei Kühe und ein Dutzend Ziegen. Ja, der war reich. Der zahlte oftmals den Diesel für das Auto. Und er fuhr auch damit. Er wäre Maurice' Weg nach Goma gewesen. Aber was wollte der Mann in Goma? Das war so weit weg und das Vieh hielt er sich im Dorf. Maurice hatte ihn schon einmal gefragt, ob er mitfahren dürfte in die Stadt. Aber der Kerl wollte einfach nicht bis Goma. „Da bin ich Tage unterwegs und brauch doch nichts", hatte er Maurice gesagt und belustigt zugesehen, wie der wieder abgezogen ist. Fast ein wenig beleidigt, dass der Plan nicht aufgegangen war und er vor allem nicht vor seinen Kumpels prahlen konnte: „Hab' ich's euch nicht gleich gesagt, bis Goma komm ich mir nichts, dir nichts." Ja, von wegen.

Maurice war schon lange nicht mehr glücklich. Als kleines Kind, ja, damals hat ihn die Mama herumgetragen. Auf dem Rücken, so wie sie es hier alle machen. Sie hat ihn mitgenommen aufs Feld, zum Wasserholen und er saß ihr im Weg rum, wenn sie kochen musste. Da war er noch ein kleines, zufriedenes Kind. Aber irgendwas war in ihm angelegt, dass er bald schon unzufrieden wurde. Er wollte raus, die Welt sehen, mehr erleben als nur das Dorf. Dieses vermaledeite Dorf! Von Anfang bis Ende in weniger als fünf Minuten durchquert. Ein paar Bretterbuden als Verkaufsstände, einen Laden, wo sich die Erwachsenen trafen und die Halbstarken verscheuchten. Ziegen und Hühner und jede Menge Trostlosigkeit. Dieses Nichtszutunhaben, das quälte Maurice mehr als alle anderen Jungen in seinem Alter. Die Mädels waren da anders dran. Die mussten früh mit der Feldarbeit beginnen, halfen beim Waschen der Wäsche, kochten mit den Großmüttern mit oder liefen den Weg zum Dorfbrunnen um Wasser zu holen. Darauf aber hatte Maurice auch keine Lust. War ja schließlich die Arbeit der Mädchen. Er hätte nicht einmal ernsthaft darüber nachgedacht, diese Art der Arbeit zu erledigen.

Im Dorf herrschte lange Zeit Ruhe. Die große Straße war so weit weg und sie war in so schlechtem Zustand, dass selbst die Rebellengruppen länger schon keine Lust mehr gehabt hatten, sich in den kleinen Weiler zu begeben, um… Um was eigentlich? Ja, so genau wussten sie das oft selbst nicht. Es war nur immer schrecklich, wenn Rebellengruppen kamen. Sie forderten Geld, ein Bekenntnis zu ihren Zielen. Manchmal wollten die jungen Männer Mädchen haben oder sie kamen um Soldaten zu rekrutieren. Da draußen im Krieg wird gestorben, also brauchst du als Rebellenführer lebenden Nachschub in den Dörfern. Ganz simple Rechenaufgabe. Maurice fand die Knarren irgendwie spannend, die er da zu Gesicht bekam. Aber ein bisschen Angst hatte er schon vor den wilden Typen, die da von Zeit zu Zeit auftauchten. Mal waren Drogen im Spiel, mal viel Frust und immer eine große Portion Aggression. Und was machten die Menschen im Dorf dann, wenn es wieder soweit war? Blieb Zeit, schaffte man die Mädchen in die Hütten oder weit in die Hügel hinein um sie vor den Rebellen im dichten Wald zu verstecken. Man gab den Typen etwas Geld oder Dinge zu essen und bekräftigte nach allen Regeln der Kunst, dass man gelobe nur diese eine Rebellengruppe zu unterstützen, denn sie alleine verfolgte schließlich die wahren und richtigen Ziele. Welche das waren, wussten meist die Dorfältesten selbst nicht genau. Dann durfte nur niemals einer der besoffenen Jungs, die sich „Chief" oder „Master" nannten, erfahren, dass die letzte Rebellengruppe vor einem halben Jahr auch schon die volle Unterstützung erfahren hatte. Schließlich waren freilich auch deren

Ziele mindestens genauso richtig und wichtig. Für die Leute im Dorf galt es in dieser Krisensituation größtmöglichen Pragmatismus zu wahren. *Sag ihnen, was sie hören wollen und dein Opfer fällt niedriger aus.* Das dachten die meisten Dorfältesten und waren damit mal erfolgreich, mal nicht. Zustimmen und beten, dass es der Allmächtige diesmal nicht allzu schlimm meinte mit ihnen. Und das kam immer drauf an, wie der Anführer der Rebellengruppe so drauf war. War er zugedröhnt oder dicht bis zu den Zähnen, ging es meist etwas glimpflicher aus als wenn es ein aggressiver Überzeugungstäter war, dessen politischen Ziele er höher einstufte als die Ehrfurcht vor Gott und der keinen Respekt hatte vor Frau und Kind.

Maurice wäre wohl eine Mischung aus beidem gewesen, dachten sie im Dorf. Aggressiv konnte er werden und wenn es ihm in den Kram passte, dann würde er auch für irgendwelche politischen Ziele brennen. Die hätte er aber erst einmal kennen müssen. Und dass er als Chief wie ein Loch gesoffen hätte, das vermuteten sie alle, seitdem Maurice zum ersten Mal ein Bier in die Hand bekommen hatte. Das war vor ein paar Jahren, zehn war der Junge damals gewesen. Ein Lastwagenfahrer brauchte die Kinder zum Entladen von Waren. Holz war dabei als Baumaterial. Was haben die damals geschleppt! Maurice konnte schon ordentlich anpacken. Aber der Lastwagenfahrer hatte nichts dabei zur Entlohnung. Er gab den Kindern ein bisschen angefaultes Obst. Maurice war mächtig sauer. Schon als Zehnjähriger konnte er brutal jähzornig werden. Er schimpfte und fluchte, drohte

13

gar dem Fahrer, er würde mit einem Messer die Reifen des Lastwagens zerfetzen, wenn er nicht für seine Arbeit auch anständig entlohnt würde. Da lachte der Fahrer nur und sagte: „Ehe du dein rostiges Taschenmesser durch meinen Reifen stichst, hab ich dich zweimal tot geprügelt, Kleiner." Dann griff er in eine kleine Kiste hinter dem Fahrersitz. Maurice hatte fast Angst bekommen. Er befürchtete, der Fahrer würde ihn jetzt mit einem großen Messer angreifen wollen oder mit irgendetwas Hartem attackieren. Natürlich ließ er sich aber nichts anmerken. „Weil du gar so hartnäckig bist, Kleiner, bekommst du eine Flasche Bier." Da gab er dem Kind die Flasche Bier. Warm war das Zeug und scheußlich schmeckte es auch. Anders als das Bananenbier aus dem Dorf, von dem man schonmal was probieren durfte. Es war ein Bier aus Ruanda, kam von jenseits der Grenze. *Mützig* stand auf der Flasche. Das brauten sie drüben auf der anderen Seite des Kivu-Sees. Aber davon hatte Maurice keine Ahnung. Er kippte das Gebräu runter um nur ja nicht den Eindruck entstehen zu lassen, er wäre ein Schwächling. Der Fahrer lachte, winkte und verschwand.

Nur kurze Zeit später drehte sich alles um Maurice herum. Die ganze Welt fuhr wie wild im Kreis herum. Und ihm war schlecht. Seine Kumpels meinten, er würde blödes Zeug erzählen und sie liefen aus Angst davon. Die Erwachsenen, die das ganze Theater beobachtet hatten, riefen: „Du bist besoffen, Kerl!" Dann zerrte ein älterer Mann den Jungen zu seiner Mutter und die zeigte ihm, was sie davon hielt, dass er mit zehn eine ganze Flasche Bier auf einmal ausgesoffen hatte. Es schmerzte noch Tage danach höllisch und der Vater ließ ihn schuften. Er musste Holz schleppen, das Feuer bewachen, wenn die anderen schliefen und der Mutter das Wasser am Brunnen holen. Das machte Maurice besonders arg zu schaffen. Es war ja schließlich keine Aufgabe für die Jungs. Darum kümmerten sich die Mädchen. Aber Maurice sollte eben spüren, dass man in seinem Alter noch kein Bier anzurühren hatte.

Eines Tages war Maurice verschwunden. „Hat er es doch irgendwie geschafft", schnatterten die alten Weiber. Um jedes Haus herum waberte eine seltsame Geschichte, die dem Jugendlichen nachhing. Der Vater habe ihn aus der Hütte geworfen. Genug hätten die Verwandten von seiner Art gehabt, alles und jeden zu drangsalieren. „Ach was!", rief die Großmutter den Unkenrufern zu. Sie wüssten selbst nicht, wohin er gegangen sei, die Mutter sei ganz verzweifelt, finde keinen Schlaf mehr und der Vater sei den lieben langen Tag am Schimpfen. Die anderen erzählten sich Geschichten, dass Maurice tief unten im Hügel einen Rebellen getroffen habe, der ihm vom Soldatenleben in der Stadt erzählt hätte. Diese Geschichten kamen der Wahrheit schon ein gutes Stückchen näher, denn Maurice war tatsächlich ein Rebell geworden.

Die ganze Geschichte nun aber von Beginn an: Mit vierzehn fühlte Maurice sich jetzt reif für das Abenteuer. Er hatte lange genug gewartet. Den Mann tief unten im Hügel hatte es tatsächlich gegeben. Aber er war nicht tief unten im Hügel gesessen und hatte auf Maurice gewartet. Es hatte sich doch ein wenig anders zugetragen. Aber die Geschichten im Dorf wurden je nachdem, wer sie gerade zum Besten gab, ja immer einfach etwas angepasst, ausgeschmückt oder zurechtgerückt. Maurice wollte bekanntlich in die Stadt. Nach Goma, das wussten sie alle. Dorthin, wo er das Leben vermutete, dorthin wollte er. Dass dort auch gestorben und gelitten wurde, davon hatte er keine Vorstellung gehabt, aber das ist ein anderes Kapitel. Er war den ganzen Tag über durch die Hügel gestreift und hatte sich von seinen Gedanken treiben lassen. Plötzlich bemerkte er, dass er ungewollt und ohne darüber nachzudenken, ziemlich weit abgekommen war von allen Wegen. Die Straße lag nun näher als das Dorf. Also marschierte Maurice weiter. Es war eine Art innerer Drang, einfach weiter, immer fort. Den Hügel bergan, schwitzend. Was war sein Ziel? Er wusste es nicht, aber wann war er schon mal da oben gewesen? Eine seltene Möglichkeit, mit der Außenwelt in Kontakt zu treten. Er hatte Durst. Die Kehle brannte. Der Nacken war voller Schweiß, das zerlumpte Shirt nass geschwitzt. Maurice malte sich aus, dass an der Straße schicke Geländewagen vorbeikommen mussten. Touristen vielleicht aus Frankreich oder die Autos irgendwelcher Hilfsorganisationen. „Cadeaux, cadeaux…", so riefen die Kinder immer sofort, wenn Weiße die Dörfer erreichten, „Geschenke, Geschenke". Lange her…

Es dauerte weitere anderthalb Stunden, bis Maurice gegen frühen Nachmittag endlich die Straße erreicht hatte. Da lag sie, die Straße! Diese verheißungsvolle Transportader. Von Goma aus schlängelte sich die R529 in Richtung Norden. Nein, kein Highway wie man sie aus den Hollywood-Filmen kannte, die immer in den Fernsehsendern liefen. Keine breite, mehrspurige Teerstraße, die den Blick in einen endlosen Horizont ermöglichte und Sehnsucht weckte. Diese Straße war ein rotes, staubiges Band, das sich ewig durch sattes Grün schlängelte. Vom Kivu-See aus in Richtung Norden beschrieb sie einen weiten Bogen in den Westen, wo sie nach knapp zweihundertfünfzig Kilometern auf die N3 traf. Und das war dann schon verheißungsvoll. Eine *Nationale Route,* das war eine Straße von großer Bedeutung. Über die N3 und die N1 konnte man durchgängig bis Kinshasa fahren, fast dreitausend ewige Kilometer - in eine andere Welt. Aber daran wagte Maurice nicht einmal zu denken, war doch das gut zweihundert Kilometer entfernte Goma schon eine Welt jenseits seiner Vorstellung.

Nun aber stand er erstmals allein an der staubigen, roten Straße und sah nichts weiter als Sand und Staub. Enttäuschung machte sie kurz breit. Wo waren die Lastwagen, die vielen Autos und all die anderen Verkehrsteilnehmer, die er hier erwartet hätte? Nichts, Leere, Weite und niemand unterwegs. Maurice wollte nicht einsehen, dass er all den Weg umsonst gelaufen war.

Die kleine Abzweigung zu ihrem Dorf hinab war ein gutes Stück weiter oben. Maurice hatte sich durch die Hügel und Felder geschlichen. Dass auf dem Abstecher zum Dorf niemand unterwegs war, das war klar. Aber hier oben mussten doch dauernd Autos fahren? Da hörte er plötzlich ein Rattern und spürte wie sich ein wenig Aufregung in ihm ausbreitete. Ein Motorroller knatterte aus der Ferne heran. Aber da die Straße an dieser Stelle eine Kurve nach oben beschrieb, konnte er nicht erkennen, wer da auf dem Roller sitzen würde. Und tatsächlich, ein paar Augenblicke später jammerte der Roller an ihm vorbei. Alt, klapprig und kaum mehr funktionsfähig. Der Fahrer, ein alter Mann, hob die Hand zum Gruß, machte aber keine Anstalten, zu halten. Kein Beginn eines waghalsigen Abenteuers in Richtung Sonnenuntergang. Kein Auftakt zu einer Reise in die große, ferne Stadt. Einfach nur ein kurzer Moment, in dem ein Motorroller an Maurice vorbeifuhr und der alte Fahrer ihm winkte. Mehr nicht. Fast machte es den Anschein, als wollte Maurice kräftig aufstampfen um so seinem Ärger freien Lauf zu lassen. Aber er stand nur stumm da und blickte dem Zweirad noch eine Weile hinterher. *Wohin der Opa wohl will?* dachte er bei sich.

Noch eine Zeit lungerte Maurice einfach am Straßenrand herum. Er wusste, er konnte nicht ewig bleiben, denn er sollte vor Einbruch der Dunkelheit wieder im Dorf ankommen, denn nachts alleine durch die Hügel zu streifen, war keine gute Idee. Er versuchte sich krampfhaft zu erinnern, ob Vollmond oder der Mond immerhin groß genug war, eine ausreichende Leuchtkraft zu entwickeln. Er starrte in den Himmel. Die Sonne brannte unerbittlich herab. Wolken waren noch keine am Himmel zu erkennen, aber das konnte sich in dieser Gegend rasch ändern. Dann würde ihm ein heller Mond auch nichts nützen.

Plötzlich hörte er wieder Geräusche von der Straße. Es war ein Lastwagen, das sah er alsbald. Menschen darauf. Soldaten. Das sah nun schon spannender aus als dieser Alte vorher. Es waren junge Männer. Zwei Frauen waren auch dabei, das erkannte er gleich. Sie blickten alle streng drein. Zwei hielten ihre Gewehre hoch in die Luft gestreckt, die anderen wirkten müde und erschöpft. *Kommen bestimmt von einer wichtigen Mission,* dachte Maurice bei sich und überlegte einen kurzen Augenblick, ob er im Gebüsch Schutz suchen sollte, um nicht entdeckt zu werden. Er entschied sich dagegen. Weshalb war er denn hier her gekommen? Er wollte doch gesehen und entdeckt werden. Vielleicht war dieser Militärlaster ja eine Chance für ein neues, spannendes Leben.

Es hatte fast den Anschein, als wollte sich Maurice ein weniger näher am Straßenrand postieren, um aufzufallen. Da kam der Lastwagen mit den Soldaten näher. Der Fahrer bremste etwas ab, drehte sich nach hinten zu einem Mann in der zweiten Sitzreihe und sprach mit ihm. Ein dritter Mann in Uniform, etwas älter als Maurice sicherlich, aber noch keine fünfundzwanzig nickte, deutete nach draußen. Sie lachten erkennbar. Irgendetwas in ihren

Gesichtern machte Maurice nun doch ein wenig Angst. Er überlegte, ob er davonlaufen sollte. Warum war der Laster denn nun stehengeblieben? Was wollten die Soldaten von ihm?

Da sprang die Türe der Beifahrerseite vorne auf. Und von der Ladefläche sprangen vier Jungs herab. Ungefähr in Maurice' Alter, alle in Uniformen und sie sahen teilweise grässlich aus. Die Tarnhosen zerschlissen, teils fehlten Stücke Stoff an Beinen und Armen. Dreck überall. Aber Maurice nahm all das nicht wahr. Seine Gefühlslage pendelte immer noch zwischen Neugierde und Angst. Vor allem die Gesichter machten ihm Angst. Der Älteste - ein Mann um die Vierzig - blickte ihn streng an. Eine Frau, ach, ein Mädchen eher, blieb auf der Ladefläche sitzen und lugte nur vorsichtig über den Rand um zu sehen, was nun geschehen würde.

„Hey, du", rief der Anführer. Maurice kam einen Schritt näher. Er hatte das Gefühl, das wäre angebracht. Einen kurzen Augenblick lang wollte er sich umdrehen, ob der Soldat nicht jemand anderen gemeint haben könnte. Aber weit und breit war ja nichts außer der Wildnis und dem rotbraunen Band der Staubstraße. „Ja, du, komm her!", befahl er Maurice. Der machte noch ein paar Schritte auf den Anführer zu. „Was machst du hier draußen?", wollte der Soldat wissen. Er musste gefürchtet haben, dass der Typ von den Bewohnern eines der umliegenden Weiler abgestellt worden war, Ausschau nach Rebellen zu halten und dann an die Bewohner Meldung zu machen, dass Gefahr drohte. Aber die Einmärsche der Rebellen in den Dörfern waren nur dann effektiv, wenn sie vollkommen unerwartet waren. Daher missfiel es dem Rebellenführer auf diesem Wagen sehr, Maurice hier rumlungern zu sehen. Aber andererseits, wenn der Typ ein Wachposten für ein kleines Dorf da unten in den wilden Hügeln war, warum hatte er sich dann nicht versteckt, als er den Laster ankommen hörte? War ja genug Zeit und das Dickicht bot Schutz genug.

„Ich?", fragte Maurice scheinheilig, weil er nicht ansatzweise eine Ahnung hatte, was er sagen sollte. Er konnte es doch nicht mit der Wahrheit probieren. *Da unten in meinem Dorf ist es langweilig, ich will die Welt sehen, will einmal in meinem Leben nach Goma. Ich bin Maurice und fühle mich stärker als all die anderen Kinder in meinem Kaff.* Nein, das ging nicht und die prahlerische Stärke gegenüber anderen schrumpfte in diesem Augenblick auch, als er in die Läufe der Gewehre blickte und merkte, dass die Soldaten alle Munitionsgürtel trugen und selbst die Mädchen mit Messern oder Macheten bewaffnet waren. „Wer denn sonst, du Idiot", brüllte der Anführer ihn nun an. Maurice spürte das erste Mal seit langem so etwas wie Angst in sich.

Maurice stotterte ein wenig. „War in den Hügeln unterwegs. Wollte an der Straße ein wenig ausruhen und einfach die Autos beobachten." Das kam der Wahrheit zwar recht nahe, wirkte aber alles andere als überzeugend. Einer der Rebellen, vielleicht ein oder zwei Jahre älter als Maurice, spottete: „Das Bubi wollte die Autos beobachten, süß, der Kleine." Der sonst so vorlaute Maurice fühlte sich eingeschüchtert und klein. Er sah wie der Anführer auf ihn zukam und überlegte erneut, ob er nun in den Busch entfliehen sollte. Aber er hätte keine Chance gehabt. Die Rebellen wären schneller als er bis Drei hätte zählen können hinter ihm her gewesen und womöglich hätten sie auch nicht lange gefackelt und die Knarren auf den sich bewegenden Fleck im Dickicht gehalten. Was sollte ihm schon passieren? Aus Feigheit abgeknallt zu werden, das war eine denkbar schlechte Alternative für den sonst so forschen Burschen. „Ist aber so", gab er nun trotzig zurück. Der Rebellenführer stand nun dicht vor ihm, stieß ihn mit der Faust auf die Brust und rief: „Welches Kaff hat dich geschickt, hier Schmiere zu stehen, sag schon?" Maurice nahm den Geruch von Alkohol wahr, der besonders auffiel, wenn der Soldat den Mund zum Sprechen öffnete. „Niemand. Ich bin zufällig hier rausgekommen. Ich hatte den ganzen Tag nichts zu tun und deshalb bin ich hier etwas herumgelaufen."

Es setzte einen heftigen Schlag mit dem Gewehrkolben in die Rippen. Maurice schnellte zusammen, verkniff sich aber aus irgendeinem Grund den Schmerzensschrei, den er am liebsten sofort ausgestoßen hätte. „Arschloch", fauchte er dem Soldaten entgegen. „Was hast du gesagt?", zischte nun ein anderer Bursche aus dem Hintergrund. Maurice schwieg. „Lass es gut sein", sagte der Anführer. „Ich glaube, das Bürschchen hier, braucht mal eine Aufgabe." Maurice fühlte sich zu schwach um zu antworten. Diese Art von Aufgabe war alles andere als das, was er sich so vorgestellt hatte. Die Rippen schmerzten als seien sie in tausend Einzelteile zerlegt worden. Jeder Atemzug pfiff ihm durch Mark und Bein. Diese Kerle konnten ihm gestohlen bleiben. Wenn das der Preis dafür wäre, nach Goma zu kommen, könnte ihm die Stadt gerne gestohlen bleiben. Diesen Entschluss fasste Maurice in Windeseile. Außerdem erinnerte er sich an so manchen Besuch von Rebellengruppen im Dorf. Und das war meist keine fröhliche Angelegenheit - um es mal so zu formulieren. „Verpiss dich", schrie nun der Junge aus dem Hintergrund. Das wollte sich Maurice nun sicherheitshalber nicht zweimal sagen lassen und machte sich sofort auf den Weg ins Dickicht. Aber er kam nicht weit. Drei Schritte? Oder gar nur zwei? Dann packte ihn eine Hand an der Schulter. Das war die Alkoholfahne. Er riss ihn erneut herum. „Stop, mein Freund, hier bin ich der Boss, der Idiot da drüben hat dir gar nichts zu sagen." Maurice verstand und begriff auch, dass die Soldaten hier nicht wirklich eine Einheit formten. Aber er sah auf die Schnelle keine Möglichkeit, daraus Kapital zu schlagen. „Hör mir gut zu", fauchte der Oberbefehlshaber der Rebellen. „Morgen in der früh um sechs Uhr stehst du hier an der Straße und meldest dich zum Dienst." Maurice hielt inne. Er hatte Schmerzen und Angst. Aber er fragte dennoch: „Was, wenn nicht?" Die Alkoholfahne schwieg einen kurzen Moment, trat dann brutalst möglich mit dem Stahlkappenstiefel auf Maurice' Schuhe, sodass dieser erneut aufschreien wollte. „Dann finden wir dein Dorf, mein Freund." Das sagte er bedrohlich zischend. Er würde ernst machen, so besoffen wie er war, machte er mit allem ernst. „Und dann kill ich erst deine Mutter, dann deinen Vater, dann all deine Geschwister. Du hast doch Geschwister?" Maurice nickte. „Und wenn am Ende das ganze Kaff vor mir im Dreck dampft und die Leichen wimmernd ihre leisen Klagelieder singen, heulen, dass du sie auf dem Gewissen hättest, dann hauch ich auch dir das Leben aus, mein Freund." Maurice nickte nur stumm. „Verstanden?", fragte der Typ noch einmal nach, packte dabei Maurice' Kinn so heftig an, dass es knackte und nun der Schmerz von Kopf bis Fuß eine unerträgliche Einheit bildete. „Werde da sein", mehr brachte Maurice nicht hervor. „Pünktlich!", schrie der Rebellenchef und bedeutete seinen Leuten mit einer wedelnden Geste, aufzusteigen. Dann verschwanden sie ratternd über die Straße.

Maurice stand wie gebannt am Wegesrand und starrte dem Wagen nach, der krächzend davonfuhr. Nur langsam fand er wieder zu sich. Er klopfte sich auf den schmerzenden Brustkorb, spürte, dass alles in ihm wehtat und richtete sich auf. Dabei zog ein ekelhaftes Stechen von innen heraus durch seinen Oberkörper. Er hätte schreien wollen und weinen müssen. Aber er verkniff es sich. Noch einmal blickte er um sich. Waren sie fort? Wirklich fort? Außer Sichtweite? Dann erst machte er sich auf den Weg ins Dickicht des Busches. In ihm ratterten nun tausend Gedanken. Würden diese Soldaten wirklich am nächsten Tag auf ihn warten? Was konnte geschehen, wenn er nicht kam? Er hatte große Angst, dass sie am Ende wahr machten, was der Anführer da eben so grässlich angedroht hatte. Maurice liebte seine Mutter über alles, auch wenn er das nicht zeigte und ihr nur selten folgte. Auch seine kleinen Schwestern sollten nicht sterben müssen, nur weil er ein Feigling war. Die Gefahr, dass die Rebellen das kleine Dorf da unten in den hügeligen Wäldern entdeckten, die war groß. Sicherlich gab es kaum eine brauchbare Straße hinab in den Weiler und freilich war er auch massiv vom Weg abgekommen, sodass seine Position an der Straße wenig Rückschluss auf seinen Weiler ermöglichte. Aber hier draußen in der Wildnis, da waren nicht viele Ortschaften. Wenn sie nur ein bisschen die Gegend kannten, würden sie das Dorf schon finden. Und dann brannten sie alles nieder und schlugen die Leute tot. Nein, beileibe, das war nicht Maurice' Absicht. Er würde außerdem bei der Truppe auch seine Chance bekommen, ein echter Mann zu sein.

Irgendwas zog ihn in den Bann. Er fühlte sich dem Idioten, der nach Schnaps stank, haushoch überlegen. Würde er erst bei den Rebellen sein, könnte er lernen, mit einer Waffe umzugehen. Und wenn er sich nicht so dämlich anstellte, wie die anderen Jungs, die dem Anführer blind folgten, obwohl der nur Alkohol und Weiber im Sinn hatte, dann musste er es doch selbst zum Anführer schaffen. Seine Lebensgeister erwachten langsam wieder. Maurice hatte plötzlich das Gefühl, die geprellten Rippen gar nicht mehr zu spüren. Das Laufen fiel ihm trotz des dicken Zehs nicht mehr so schwer. Er war sich sicher, den Weg zum Rebellenchef in Kürze einzuschlagen und dann den Suffkopf abzulösen, denn dessen Macht basierte nur auf einer Knarre. Am Ende aber würde er auch eine Knarre haben und cleverer sein als der Typ und schon hatte er gewonnen. Eine einfach Rechnung, dachte Maurice. Und danach galt es, das Leben kennenzulernen, das da draußen tobte. *Goma, ich komme*, dachte er bei sich und merkte nicht, dass es kein beschwingtes Gehen in Richtung Dorf war, sondern ein Torkeln. Er torkelte quasi in sein neues Leben. Der Schmerz war nur ausgeblendet, übertüncht vom Rausch des jugendlichen Leichtsinns. Maurice überblendete die rasenden Schmerzen und die brutalste Angst seines Lebens mit Größenwahn und Höhenflug.

Im Dorf angekommen, erspähte Maurice neben einigen Erwachsenen auch die anderen Kinder. Laurent lugte vorsichtig hinter einer Hütte hervor. Maurice sah so anders aus als sonst. Irgendwie müde und erschöpft. „Verpiss' dich", raunzte er den Kleineren an. Laurent verdrückte sich in seine Behausung. Er war ein recht sensibles Kind und konnte mit der rüden Art von Maurice nicht wirklich umgehen. Am Dorfplatz saßen zwei Alte, einer beobachtete Maurice eindringlich und hatte gehört, was der Jugendliche zu Laurent gesagt hatte. „Komm' mal her, Bürschchen", forderte er den Halbstarken auf. Da die Wegstrecke lange war und der Fuß schmerzte, humpelte Maurice nun doch ein deutlich erkennbar für alle. „Warum redest du so mit den anderen Kindern?", fragte der Alte gutmütig, ohne jede Aggression und sah ihn aus milden Augen an. „Ich bin kein Kind mehr", war alles, was Maurice antwortete. „Schön und gut, dann sag mir, was dich bekümmert!", sprach der Alte mit ruhiger Stimme weiter und hob die Hand vom Stock, auf den er sich im Sitzen stützte. „Nichts weiter, Väterchen", sagte Maurice. „Es ist alles in Ordnung." Der Alte wippte ein wenig mit dem Kopf. „Ich bin alt und du magst denken, wir Alten seien dumm und bekämen nichts mehr mit. Aber wir haben unzählige Erfahrungen gesammelt in unserem Leben. Ich hab' dich heute den ganzen Tag über nicht im Dorf herumlungern sehen. Sonst vergeht kein Tag, wo du nicht irgendwelche Dummheiten anstellen würdest. Jetzt ist es bald dunkel und du kommst schlecht gelaunt daher, humpelst, hältst dir dauernd die Brust und verängstigst den kleinen Laurent! Also, Maurice, was ist?" Maurice fauchte etwas vollkommen Unverständliches und schlich von dannen.

In der Hütte seiner Eltern roch es nach Essen. Mutter hatte gekocht. Es dampfte aus dem Kessel über dem Feuer, das vor der Hütte brannte. „Wo warst du, Nichtsnutz?", schimpfte die Mutter sofort mit ihrem Sohn. Der Vater kam vom Feld und die Mutter klagte ihm augenblicklich ihr Leid. „Dieses Kind bringt mich um den Verstand. Er ist heute Morgen kurz nach dir verschwunden. Den ganzen Tag hab ich ihn nicht gesehen. Ich hätte den Burschen gebraucht, mir beim Holz zu helfen. Keiner hatte ihn gesehen. Im ganzen Dorf habe ich herumgefragt. Ich habe mir Sorgen um dieses Kind gemacht." Dabei deutete sie auf ihren eigenen Sohn, als wäre es ein Fremder. Das schmerzte Maurice und die

Mutter wusste es, auch wenn es beide nicht zugeben wollten. Genau deshalb machte sie solche Gesten. Sie wollte ihren Sohn da packen, wo er verletzlich war. Nur so konnte man den Kerl zu fassen bekommen. Sie mochte ihn wie jede Mutter ihr Kind mochte. Aber er war so schwierig manchmal, so anders als die anderen, dass es ihr schwerfiel, die mütterliche Liebe zu zeigen. Ein weiches Herz hatte Maurice nur gegenüber seiner Schwester. Sie war ihm ein Heiligtum. Aber Vater und Mutter wurden im jugendlichen Glauben, nun stark und erwachsen zu sein, weniger respektiert, als das üblich war. Und in den Dörfern hier draußen tief im Wald war es normal, dass Vaters und Mutters Wort alles galt.

Der Vater war wenig zimperlich. Es setzte neben einer Tirade aus Beschimpfungen, wie unnütz Maurice doch sei, wie undankbar und wie wenig er die Ehre von Vater und Mutter achte auch noch den einen oder anderen Schlag zwischen die Rippen. Maurice schrie auf vor Schmerz. Der Vater wunderte sich ein wenig, denn so fest, dass Maurice derart hätte schreien müssen vor Schmerz, so fest hatte er nun wirklich nicht zugestoßen.

„Geh und hilf deiner Mutter nun", schimpfte er noch einmal mit ihm. Maurice fühlte sich schlecht. Er hatte einen Riesenhunger und dennoch schmerzte jeder Bissen. Das Schlucken drückte auf genau jene Stelle im Brustkorb, die nun zweimal an diesem Tag heftig malträtiert worden war. Er sollte der Mutter im Haushalt helfen. Das war Maurice zuwider. Ein junger Mann half nicht bei der Hausarbeit. Die Schwestern konnten das machen, aber doch nicht er. Aber er wusste auch, dass es an diesem Abend zwecklos war, sich zu widersetzen. Also erfüllte er die Aufgaben, die Mutter ihm auftrug, still, wenn auch etwas mürrisch und murrend, langsam und betont ungeschickt.

Bald schon aber setzte er sich auf einen flachen Stein, der in der Nähe ihrer Hütte im Boden lag und dachte nach. Er musste in der Nacht schon los um pünktlich am nächsten Morgen an der Straße zu stehen. Er würde im Dunkeln aufbrechen müssen. In diesem Moment des Nachdenkens bemerkte er, dass er ohne es sich eigentlich bewusst gemacht zu haben, schon eine Entscheidung getroffen hatte: Das Fortgehen war beschlossen! Maurice wurde bewusst, dass er seit ein paar Augenblicken nur mehr darüber nachgedacht hatte, wie er im Dunkeln zur Straße finden würde, welche Dinge er einstecken musste und wie es ihm gelingen konnte, die Hütte zu verlassen, ohne dass der Vater, die Mutter oder die Geschwister etwas bemerkten. Er hatte aber nicht darüber nachgedacht, ob er überhaupt gehen sollte. Dann war es wohl die richtige Entscheidung. Und wieder der eine Gedanke: Auch wenn Vater und Mutter nicht selten anderer Meinung waren als er, ihn dauernd maßregelten und seine kleinen Geschwister manchmal mächtig nerven konnten, so wollte er doch nicht, dass ihnen etwas zustieß. Und die Drohung des Rebellen wirkte noch immer kräftig auf sein Nervenkostüm. Er wollte alle niedermetzeln, alles niederbrennen und am Ende ihn selbst niederstrecken. Das waren grässliche Aussichten. Und Maurice war klar: Ein im Drogenrausch aufgeputschter Rebellengeneral machte, was er wollte. Gesetze galten da nicht mehr. Sie galten hier im Busch ohnehin nur sehr begrenzt. Also würde er dem Ruf folgen.

Die Nacht über schlief Maurice nicht. Nicht eine Sekunde fand er Schlaf. Ein neues Leben würde beginnen. Das Schicksal hatte es am Vortag so beschlossen. Er fühlte sich noch immer hin und her gerissen, denn der Auftakt verlief nun nicht ganz so nach seinen Vorstellungen. Er wollte nicht unter Androhung schlimmster Dinge zur Rebellentruppe stoßen müssen. Aber, und da beruhigte er sich nun, dass es nicht zimperlich zugehen würde *beim Militär* war ihm bewusst. Ein paar geprellte Rippen waren eine Art Eintrittskarte in die Welt der harten Jungs. Und Gott hatte ihn mit seiner gütigen Hand geführt, dass er den Weg zur Straße einschlug und dort zufällig auf die Truppe stieß, die ihn nun aufnehmen würde. Das war so gewollt und sein Schicksal. Würden sie ihn aber denn wirklich bei sich aufnehmen? Immer wieder - zwischen entferntem Hundegebell, Rascheln im Gebüsch und dem Schreien irgendwelcher Affen im Busch draußen - kamen stille Zweifel auf. Vielleicht war der Kerl ein riesiger Sprücheklopfer, der Maurice nur Angst machen wollte. *Africa, mon ami,* sagten sie immer wieder, *Africa n'arrive pas à l'heure.* Afrika kommt nicht pünktlich an. Und im Kongo galt das ganz besonders. Auf der Höhe der Zeit - im Herzen, aber sonst immer ein wenig zu spät dran.

Maurice fühlte, dass ihm der Nacken schmerzte. Er drehte sich ein-, zweimal, lauschte angestrengt, ob in der Hütte jemand wach war. Alle schliefen. Überall vernahm er das gleichmäßige Atmen seiner Familie. Die Geschwister und er teilten sich einen Raum und Vater und Mutter schliefen im anderen. Getrennt aber waren die Räume nur durch eine Art Vorhang. Er musste sehr leise sein, wenn er sich hinausstahl.

Schon am Vorabend hatte er alle notwendigen Vorkehrungen getroffen. Als seine Mutter ihn zur Arbeit kommandiert hatte, half er so gut es ging, tat nebenbei aber noch all die Dinge, die er für unerlässlich hielt, wenn man von zu Hause fortwollte. Er legte Sachen hinter die Hütte. Sein Lieblingsshirt, die graue Hose, sein kleines Messer. Alles verstaut in der einzigen Plastiktüte, die er besaß. Dann stahl er sich zwei Bananen aus dem Vorrat und nahm seine Kalebasse und brachte sie zu den anderen Sachen hinter die Hütte. Welch Wunder, dass weder Vater noch Mutter etwas von seinen Vorbereitungen bemerkt hatten! Sie waren wie jeden Abend ihren Beschäftigungen nachgegangen. Vater hatte eine Zigarette geraucht und sich ausgiebig mit dem Nachbarn unterhalten. Und Mutter hatte neben der Hausarbeit noch ein wenig mit den Frauen aus der Umgebung geplaudert. Ach, das Dorf, man kannte jeden wie sein eigenes Familienmitglied und irgendwie waren sie ja alle eine Familie. Da lebten die Brüder von Maurices Vater. Und das waren schon vier Familien mit ihren Frauen und Kindern. Dann waren da ja auch noch die Brüder seiner Mutter. Das waren gar fünf. Und deren Familien lebten - bis auf eine - auch alle im Dorf. So kam es, dass sie irgendwie alle verwandt waren und wenn sie nicht direkt Cousin oder Cousine waren, dann waren sie wenigstens um zwei Ecken miteinander verwandt.

Nun war es an der Zeit, dachte Maurice. Er besaß keine Uhr. Er konnte nicht genau abschätzen, wie spät es war. Aber er fühlte, dass es an der Zeit sein musste, sich auf den Weg zu machen. Lange hatte er in der Nacht gegrübelt. Wie sollte er sich verabschieden? Sollte er überhaupt etwas sagen? Das Schreiben hatte er nie gelernt. Einen Zettel beschriften oder eine Nachricht auf dem Mobiltelefon tippen - das alles konnte er nicht. Er kannte es aber von den schicken Filmen aus dem Fernsehen und er fand es *megacool*. Er hoffte, dass sich das bald ändern würde und wenn er erst ein cleverer Rebellensoldat war, auch er bald ein Handy haben würde. Dann konnte er den anderen im Dorf zeigen, wie es da draußen zuging. Draußen in der großen, weiten Welt - in Goma zum Beispiel. Und das Lesen und Schreiben würde er dann auch gelernt haben.

Für den Moment aber blieb das Problem mit der Verabschiedung. Langsam schlich er sich durch den Raum. Seine Geschwister schliefen. Tief und fest. Er hatte einen Plan. Seine jüngste Schwester war gerade erst fünf Jahre alt. Sie schlief nahe am Durchgang zum Vorraum. Friedlich lag sie da. Die Hände unter dem Kopf durchgestreckt. Maurice hörte sie friedvoll atmen. Es rasselte ein wenig, sie hatte wohl Schnupfen. Er beugte sich vorsichtig zu ihr herab. Er musste sie ein wenig rütteln und schütteln, ehe Samba sich rührte. Dann aber schlug das kleine Mädchen mit den riesigen Kulleraugen vorsichtig die Augen auf und starrte den großen Bruder gedankenverloren an. Er machte ihr sofort klar, dass sie keinen Mucks von sich zu geben hatte. Dann flüsterte er ihr vorsichtig etwas ins Ohr. „Meine liebe Samba", begann er leise und durchaus liebevoll auf eine Art zu sprechen, die fast niemand bei dem raubeinigen Kerl kannte, dem so viele lieber aus dem Weg gingen als ihn seinen Freund nennen zu wollen. „Es ist an der Zeit, dass ich mein Leben ändere." Sie sah ihn fragend an. Was wollte der große Bruder ihr nur sagen? Maurice erkannte trotz der Dunkelheit im Raum, dass Samba voller Zweifel war, was das bedeuten sollte, was ihr Bruder ihr da sagte. „Pass auf, Kleines", fuhr er fort. „Ich gehe in die Stadt. Ich gehe nach Goma." Sie flüsterte nun zurück: „Und wie willst du da hinkommen, Maurice?" Er machte noch einmal ein Zeichen, dass sie leise sein sollte, da sich im Schlafzimmer der Eltern nun etwas zu rühren schien. Es war ein knarzender Laut, der darauf schließen ließ, dass Vater oder Mutter sich bewegt hatten. „Ich gehe mit den Soldaten." Maurice vermittelte der kleinen Schwester den Eindruck, als sei das alles ein lange geschmiedeter Plan gewesen und auch seine freie Entscheidung. Dass er davor ein paar geprellte Rippen und einen angebrochenen Mittelfußknochen kassiert hatte, das würde die Kleine nie erfahren. Dass er selbst noch immer voller Zweifel war, ob alles klappen würde, musste Samba nicht wissen. Und dass er keine Ahnung hatte, was er machen würde, wenn der Rebellenführer nicht wieder auftauchte, blieb unerwähnt. „Ich gehe zu den Soldaten. Sie kommen mich an der Straße abholen. Bitte, Samba, versprich mir eines. Sage es den Eltern und der Familie erst heute Mittag, wenn ich fort bin. Versprichst du mir das?" Sie wusste nicht, was sie sagen sollte und versprach es. Der große Bruder würde gehen! Der Bruder, den sie so besonders liebte, weil er so stark war, sich immer durchsetzte. Aber auch der Bruder, der so aggressiv und impulsiv sein konnte, dass man Angst vor ihm haben musste. „Sei vorsichtig bei den Leuten mit den Gewehren", sagte Samba leise. Er nickte ihr zu. Das werde er, versprach er leise. „Ich liebe euch", flüsterte er ihr noch zu und spürte nun selbst, dass die harte Schale einen weichen Kern besaß und dafür wollte er sich in diesem Augenblick schon wieder ohrfeigen. Ein Soldat - noch dazu einer der Rebellen - war nicht gefühlsduselig. Sonst würde er am Ende genauso besoffen durch die Gegend torkeln wie der *Chief,* der ihn gestern rekrutiert hatte. Auch wenn er ein harter Kerl war und Bier schon als zehnjähriger Knirps getrunken hatte, es war an der Zeit, erwachsen zu werden. Suff und Knarre, das passte nicht zusammen, wenn man selbst Großes mit sich vorhatte. Da war Maurice ganz klar. Er drückte die Schwester an sich und spürte sogleich erneut, dass dieser Auftakt in ein neues Leben ein großes Risiko war. Er fühlte dieses Risiko an jeder einzelnen Rippe.

Dann schnappte er noch einmal kräftig nach Luft und schlich sich so leise es nur irgend ging aus der Hütte. Draußen empfing ihn angenehm frische Luft. Die schweren Wolken der Vortage hatten sich verzogen und der Mond schaffte es, das hügelige Land in ein fahl silbern glitzerndes Licht zu tauchen. Entfernt blitzten ein paar Feuer auf - auf den anderen Hügeln. Maurice versuchte, leise zu seiner Tüte zu gelangen, sah sich dabei immer wieder vorsichtig um. Das ganze Dorf lag in friedvoller Ruhe vor und hinter ihm. Überall schliefen die Menschen und er lauschte vorsichtig zu allen Seiten hin. Da vernahm er ein Rascheln, dort hörte er ein Zirpen oder Knacken im Gebüsch. Aber nichts deutete daraufhin, dass man sein Verschwinden irgendwo im Dorf schon entdeckt hatte, ehe er richtig fort war.

Maurice schwebte fast über den feuchten Waldboden zum Ausgang des Dorfs. Der Hügel machte eine Biegung und er dankte dem Herrn, dass er als göttliche Fügung just in dieser Nacht das Mondlicht derart freundlich scheinen ließ. Man erkannte überall gut die pechschwarzen Zweige der Bäume. Das dichte Astwerk nahm ihm zwar von Zeit zu Zeit die Sicht, aber der ausgetrampelte Pfad durch den Busch war erkennbar und notfalls musste er sich mit dem Messer den Weg etwas frei schlagen.

Als er sich schon eine ganze Strecke vom Dorf entfernt hatte, drehte er sich doch noch einmal um. In der Senke dort unten, da lag es: sein Heimatdorf. Die paar Hütten und Häuser, die ihm Sicherheit gegeben, ihn aber auch furchtbar eingeengt hatten. Er erspähte vereinzelte Glutnester der Feuer vor den Hütten. Es waren letzten Erinnerungen an den vergangenen Tag. Bald würden die Frauen aus den Hütten kommen und neue Feuer entzünden, zu den Wasserstellen gehen und Wasser holen und so würde der neue Tag beginnen. So wie all die Tage zuvor. Jeder Tag nach demselben Ablauf strukturiert, seit Anbeginn der Zeit. Maurice war es Leid und nun war seine Zeit gekommen. Mit Schmerzen in der Brust als Mahnung, dass es keine einfache Entscheidung war, stapfte er weiter durch das Dickicht, so manchen Ast vor dem Gesicht.

Die Strecke kam Maurice in diesem Moment doppelt so lange vor wie noch am vergangenen Tag. Noch immer hatte er keine Ahnung, ob er überhaupt an der Straße erwartet wurde. Und zudem breiteten sich plötzlich Zweifel in ihm aus, ob er den richtigen Weg finden würde. Dem sonst so Starken wurde klar, dass er sich am Vortag hatte einfach treiben lassen. Da war er irgendwo an der Straße aufgeschlagen. Zurück fand es sich leichter, aber es war heller Tag gewesen und da orientierte Maurice sich besser. Schon drohte der Beginn des Abenteuers im Desaster zu enden. In Maurice stieg eine beklemmende Angst auf. War der Pfad durch das Dickicht, den er gerade mit pochendem Herzen entlanglief, überhaupt der richtige? Gab es da nicht tausende Abzweige, kleine Weggabelungen und Lichtungen, die ihn verwirren konnten? War es mittlerweile nicht schon viel später als es sein sollte? Maurice hatte große Zweifel, dass er zur rechten Zeit am rechten Fleck sein würde.

Und so kam es dann auch. Er erreichte die Straße an irgendeinem anderen Platz als am Vortag. Zudem hatte die Sonne bereits das Dunkel der Nacht vertrieben. Sie erleuchtete den Morgen hell und klar. Ein herrlicher Tag schien anzubrechen, wenngleich Maurice für die Schönheit der Natur in diesem Moment nun wirklich keine Zeit hatte. Er sah sich aufmerksam um. Weit und breit war nichts und niemand zu erkennen, die Straße schlängelte sich wie eine stumme, rötlich-braune Schlange die Hügel entlang. Er ordnete seine ungefähre Position ein. Am Vortag musste er ein gutes Stück weiter unten angekommen sein. Waren die Rebellen schon da gewesen? Hatten sie auf ihn gewartet? War der Anführer erbost und würde nun das Dorf heimsuchen und alles kurz und klein schlagen? Maurice versuchte zu ergründen, wo genau er einen kleinen Umweg gelaufen war. Insgesamt, so hatte er das Gefühl, war er aber am Ende sogar etwas schneller gewesen. Vermutlich hatte ihn die Sorge zu spät an der Straße zu erscheinen, angetrieben. Er musste sich nun eine oder zwei Biegungen weiter befinden, einen halben Hügel fern von der Stelle, an der er am Vortag auf den Rebellentrupp gestoßen war. Da war er sich nun sicher.

Plötzlich, da etwas oberhalb der Biegung, die man von seiner Seite aus einsehen konnte, vernahm er ein ratterndes Geräusch! Ein Lastwagen! Aber als er den Truck erkannte, da war ihm sogleich klar, dass es kein

Militärfahrzeug war, sondern ein mit Holz beladener Bauwagen, der sich in Richtung Goma fortbewegte. Als der Truck an ihm vorbeibretterte, erkannte Maurice das Kennzeichen. Es war ein Laster aus dem Nachbarland Ruanda, der mit ziemlicher Sicherheit unterwegs war nach Kigali, die Hauptstadt Ruandas. Dorthin wollten viele in diesen Tagen. Denn dort, wo früher das Elend herrschte und die Menschen sich gegenseitig ermordeten, war nun Frieden und die Wirtschaft erblühte langsam. Hatte Ruanda in den 1990er Jahren nur durch das Abschlachten der Tutsi durch die Hutu-Milizen und den Kampf der Tutsi-Rebellen um ihre Freiheiten für Schlagzeilen gesorgt, so war das Land nun ein Musterbeispiel an Entwicklung.

Als der Lastwagen vorbeigefahren war, machten sich zwei Gefühle in Maurice breit. Zum einen - und das war nicht zu leugnen, auch wenn der Bursche sich dagegen zu wehren versuchte - war er eigentlich ganz froh, dass der durchgeknallte und betrunkene Rebellenführer bislang nicht aufgetaucht war. Auf der anderen Seite: Warum stand er dann hier am Straßenrand? Er wollte doch, dass ein neues Leben begann. Also musste er auch einen steinigen Auftakt in der Truppe in Kauf nehmen.

Mittlerweile war es heller Tag geworden, lange nach sechs Uhr. In Maurice gewann allmählich die Gewissheit die Oberhand, dass niemand mehr kommen würde. Sieben Fahrzeuge hatte er gezählt. Zwei Motorräder. Ein kurzer Plausch mit einer Familie auf einem völlig überladenen Motorroller. Kein Wort über die Rebellen. Lastwagen, die schrecklich husteten, als sie sich die Staubstraße nach oben quälten. Ein Lieferwagen mit geöffneter Heckklappe aus der lange Eisenstangen herauslugten. Ein Mann winkte ihm. Er saß im Lieferwagen auf den Stangen um diese so zu halten, falls sie während der Fahrt einen Hügel hinauf zu rutschen drohten. Und Hügel gab es in dieser Gegend Gott weiß wie viele.

Maurice trank. Er hatte Durst. Maurice aß etwas. Er hatte Hunger. Und er war frustriert. Das Wasser reichte nicht für lange Zeit. Bald würde er zurück ins Dorf gehen müssen und seiner kleinen Schwester einbläuen, dass sie keinesfalls und niemandem etwas von seinem Plan erzählen durfte. Sonst... Was auch immer sonst... Sie musste einfach schweigen. Vielleicht aber war es ja schon zu spät und der Drogenrebell kratzte mit der Machete schon auf dem Dorfboden herum. Wie ein aufgebrachter Gockel würde er im Dorf auf und ab laufen und nach dem Kerl fragen, der es gewagt hatte, zu spät zum Dienst zu erscheinen. Dann würde er sich durchfragen. *Wo ist das Haus, in dem der Versager wohnt?* Die Leute würden Angst haben vor den Soldaten mit den leeren Augen und den bösen Zungen. Sie würden ihnen das Haus seiner Eltern zeigen. Maurice zuckte schrecklich zusammen beim Gedanken an die Machete. Er dachte an seine Mutter, den Vater, auch wenn sie so viele Schwierigkeiten hatten. Er dachte an die Geschwister. Was war er nur für ein schrecklicher Idiot. Alle wären sie tot, wenn er wieder ins Dorf zurückkam und es wäre alles nur seine Schuld.

Einzig und alleine seine Schuld. Er merkte wie das Herz raste. Nur gab es denn nun noch eine Alternative? Fort vom Dorf - das war ohne eine Mitfahrgelegenheit bis Goma nicht denkbar. Und wo sollte er denn auch hin? Hier draußen gab es nur ab und an versteckte Weiler, tief unten in den Hügeln. So klein wie sein eigenes Dorf. Da war keine Arbeit, keine Abwechslung erwartete ihn. Da gab es nichts als diese öde Langeweile.

Traurig und doch fast ein wenig erleichtert, dass der gewalttätige Rebellenboss nicht aufgekreuzt war, wanderte Maurice die Straße ein Stück weit hinab. Sein Fuß schmerzte noch immer wegen des Tritts vom Vortag. Er würde nun ein kleines Stück weiter unten in den Busch zurückkehren um sich so wieder auf den Weg nach Hause zu machen. Ein bisschen fühlte sich Maurice wie ein Versager, der es nicht gepackt hatte. Kurz bevor er links einen kleinen Trampelpfad in das Dunkel der Sträucher nehmen wollte, hörte er erneut einen Wagen die Straße heraufkommen. Er blieb stehen und starrte wie gebannt auf den braun-beigen Pickup, der da ankam. Es war ein Militärfahrzeug, aber ein anderes als am Tag zuvor. Etwas kleiner, mit einer Camouflage-Bemalung und einer riesigen Antenne hinten, die bei der Fahrt im Wind wedelte. Auf der Ladefläche saßen vier junge Soldaten in seinem Alter. Sie trugen beigefarbene Uniformen und wirkten allesamt müde und ziemlich erschöpft. Der Fahrer hatte eine dicke Sonnenbrille auf und schien weniger streng als der Chef von gestern. Maurice winkte. Der Fahrer hielt an.

„Was gibt's, Kumpel?", fragte er Maurice. Der wusste jetzt nicht genau, was er zu sagen hatte. War das überhaupt eine gute Idee gewesen, den Truck anzuhalten. Hätte er sich nicht lieber aus dem Staub machen sollen? Vielleicht gab es ja wieder Ärger und am Ende noch eine weitere geprellte Rippe.

„Ich sollte hier heute Morgen von einem Trupp Soldaten abgeholt werden um zum Dienst anzutreten", sagte Maurice fast ein wenig scheu. Es klang seltsam. Der Mann mit der Sonnenbrille lachte ein lautes, verrauchtes Lachen, zog sich die Brille von der Nase und schaute Maurice aufmerksam an. „Junge", sagte er dann, noch immer sichtbar belustigt. „Hier draußen gibt es tausend Truppen. Aber scheinbar ist dein Kumpel ja nicht gekommen um dich zu holen." Jetzt deutete er auf die anderen Soldaten auf dem Laster. „Sollen wir den Kerl bei uns mitnehmen?", fragte er sie. Die meisten waren nicht recht viel älter als Maurice. Sie sahen entweder ebenso belustigt drein wie der Chef oder aber sie schwiegen und verzogen keine Miene. Maurice fiel auf, dass die Älteren grinsten, einer sogar dreckig und ekelhaft arrogant, die Jüngeren aber nichts sagten und nur auf den Boden des Lasters blickten.

Der Arrogante meinte dann: „Nimm ihn mit, Boss, wir können immer Kerle gebrauchen, die sich freiwillig melden, oder?" Der Chef zog die Sonnenbrille wieder auf die Nase und trat noch einen Schritt auf Mau-

41

rice zu, klopfte ihm jetzt auf die Schulter. „Wie heißt du, Kumpel?", fragte er ihn. Und schob noch nach: „Und wie alt bist du denn?" Maurice antwortete brav und gehorsam. Der Boss, wie ihn der Arrogante genannt hatte, erschien ihm weder besoffen noch doof. Maurice hatte mehr Respekt vor ihm als vor dem Idioten vom Vortag. „Sag mal, wo kommst du genau her?", wollte der Chef dann wissen. Der Neue deutete schweigend ins Tal hinab, da weit unten lag irgendwie um mehrere Biegungen entfernt das kleine Dörfchen. Verschlafenes Nest im Hügelland... „Fein, fein", meinte der Boss dann. „Dann ist dein Dorf jetzt gut geschützt, denn wir passen auf, dass niemand den Dörfern etwas tut, deren Söhne für uns Dienst tun." Das sollte sich am Ende noch als leere Versprechung erweisen. Aber das konnte Maurice zu diesem Zeitpunkt noch nicht ahnen.

Maurice wusste nicht so recht, ob diese Entwicklung nun gut war oder eher das Gegenteil davon. Was, wenn die anderen Rebellen doch auf ihn gewartet hatten? Und was, wenn sie am Ende gar herausfinden sollten, dass er nun auf dem Laster ganz anderer Soldaten saß? Oder waren es gar Angehörige derselben Gruppe? Er erkannte keine gemeinsamen Zeichen. Weder eine Flagge, noch ein Erkennungszeichen konnte er ausmachen. Aber auf der anderen Seite: Dies war nun der ersehnte Beginn der Reise ins Abenteuer, das *neues Leben* hieß. Also Aufsitzen! Nur das misslang gleich so richtig. Da Maurice etwas nervös war, rutschte er vom Trittbrett des Trucks ab und knallte mitsamt seiner kleinen Habe zurück auf die

Straße. Nun lachten alle auf dem Wagen schrecklich gemein auf. Der Arrogante wandte sich erneut an seinen Boss: „Meinst du wirklich, der Typ taugt was?", prustete er los. „Fresse halten!", fauchte der Chef da und half Maurice in den Laster. „So, setz dich da hin und während wir fahren, lass dir von Gregoire alles erklären." Er deutete auf den Arroganten.

Gregoire, so stellte sich rasch heraus, war ein Arschloch sondergleichen. Als nichts anderes konnte man den Kerl bezeichnen. Er war nicht nur arrogant, sondern auch hinterlistig und gemein. Gregoire war die *Nummer Zwei* auf dem Truck und bildete sich mordsmäßig was darauf ein. Aber in Wahrheit war er ziemlich dumm und das wusste der Boss auch. Gregoire schüchterte die anderen Soldaten immer wieder ein, vergriff sich im Ton, schlug Jüngere und vergriff sich auch an den Mädchen. Dafür hatte er schon mehrfach eine Strafe vom Boss bekommen. Aber der Oberchef, der Boss der Bosse, der Kommandoführer, der konnte gut mit diesem Gregoire. Darum ließ ihn der Chef mit der Sonnenbrille auch weitestgehend gewähren. Er hatte keine Lust, dass die Petze auf dem Truck immer wieder nach oben meldete, dass der Chef zu nachgiebig sei, zu wenig hart durchgreife und den Menschen in den Dörfern zu wenig deutlich klar machte, um was es denn im Kampf so gehe. Der Boss war kein allzu harter Kerl. Sonst hätte er Maurice auch nicht auf den Wagen geholfen. Er war ein cleverer Stratege. Nun saß Maurice gegenüber diesem Gregoire und hielt dessen gehässigen Blicken, diesem miesen Lachen kaum Stand.

Der Wagen schüttelte mühevoll über die rote Piste dahin. Links und rechts der Staubstraße lagen die Hügel. Volles saftiges Grün allüberall. Tief unten sah man Menschen bei der Arbeit. Sie pflügten ihre kleinen Parzellen, schnitten Pflanzen, rissen Wurzelwerk, hielten für einen Tratsch inne oder sahen auch einfach nur in die Tiefe des Waldes hinein. Die Hitze des Tages breitete sich langsam aus. Die offene Plane bot etwas Kühle, aber die Luft war feucht und warm und Maurice hatte schrecklichen Durst. Er nahm seine Kalebasse aus dem Beutel und trank einen kräftigen Schluck, bis sie ihm krachend aus der Hand geschlagen wurde und aus dem Truck auf die Straße fiel. Es war der nächste bittere Rückschlag. „Was fällt dir ein", giftete Gregoire ihn an. „Hier wird nicht einfach getrunken. Hier hat keiner ein Sonderrecht, ist das klar!", herrschte er den Neuen an, dem sofort klar wurde, dass dies keine einfache Aufgabe war. Im Dorf war Maurice der Aufschneider gewesen, der, der bei den Kindern und Jugendlichen den Ton angab. Nun musste er sich nicht nur unterordnen, nun musste er auch unter Beweis stellen, dass er leidensfähig war. Ein völlig neues Gefühl. Die anderen Soldaten sahen ihn zum Teil mitleidig an. Einer von ihnen hob kurz den Kopf. Er war sicherlich noch einmal ein oder zwei Jahre jünger als Maurice. Der Blick ließ erkennen, dass der Junge das ganze Spiel schon einmal miterlebt hatte. Aus der Fahrerkabine war ein Klopfen zu vernehmen. Der Chief schob eine

44

winzige Plexiglasscheibe zur Seite, was furchtbar scheußlich quietschte und fragte, ob es ein Problem gäbe. „Der
Neue hat gemeint, er müsse etwas trinken", petzte Gregoire sogleich. „Na dann, keine besonderen Vorkommnisse
also", meinte der Boss daraufhin und schloss die Scheibe
wieder ebenso quietschend. Maurice überlegte, ob das
nun ein gutes Zeichen war, wenn der Oberchef nicht auch
noch meckerte oder gar stehen blieb um ihn zurechtzu-
weisen.

*

Im Dorf hatte sich schnell herumgesprochen, dass
Maurice verschwunden war. „Das wundert mich nicht",
sagte eine Alte. „Der war hier im Grunde doch immer
schon unzufrieden gewesen." Ein anderer meinte: „Wenn
einer wegläuft, dann Maurice." Und die Tanten des Ver-
schwundenen jammerten mit der Mutter im Gleichklang.
„Die Arme!" - „Wenn dem Kind etwas passiert?" Nur ein
paar seiner Onkel und der Vater blieben fast stoisch ruhig. „Wenn der Kerl meint, er müsse nach Goma, soll er
gehen. Der kommt schneller zurück als alle denken", sagte ein Onkel.

Laurent stand auf dem kleinen Dorfplatz, ritzte
mit einem Stock eine Furche in eine Wasserpfütze und
baute einen kleinen Graben. Auch er hatte erfahren, dass
Maurice fort war und atmete tief durch. Für ihn waren
das im Grunde recht gute Nachrichten. Maurice war ihm

immer zu aggressiv, zu wichtigtuerisch und zu egoistisch erschienen. Der weiche Laurent, der zarte Junge fühlte sich freier ohne die beobachtenden Blicke des Halbstarken. Sollte der doch sein Glück in irgendeiner Diamantenmiene suchen. Von ihm aus konnte der Kerl steinreich werden und Millionen Dollar scheffeln, solange er ihn nur in Ruhe ließe. Zu diesem Zeitpunkt konnte Laurent nicht ahnen, dass sich alles ändern würde und das schon bald.

Maurice' Mutter hatte gleich bemerkt, dass der Sohn nicht mehr da war. Sie wurde schon früh wach, wollte Wasser holen, weckte die Mädchen. Da sah sie, dass der Platz, an dem Maurice normalerweise schlief, verwaist war. „Wo steckt der Taugenichts?", hatte sie leise geflucht. Sie war etwas verärgert, denn mit Maurice hatte man es nicht leicht als Mutter. Aber in ihr brodelten dennoch die Sorgen, die man als Mutter sofort hat, wenn das eigene Kind über Nacht plötzlich verschwindet. Die Mutterliebe war stärker als aller Zorn auf die Missetaten des Nachwuchses. Die kleine Schwester zappelte sich langsam wach. Dann sprach sie, erzählte, was Maurice ihr gesagt hatte und wischte sich eine kleine Träne aus dem Auge. Er war also fort.

Und während sich nun im Dorf alle ihre Theorien zusammen dichteten, wo Maurice hin war, was er dort wollte und was ihm dann so alles widerfahren würde, wurde der im Regenwald weiter durchgeschüttelt. Er träumte heimlich noch immer von einer kleinen Militärkaserne in Goma. Aber das war weit gefehlt. Der Laster fuhr in die völlig falsche Richtung. Es ging weiter in den Norden, weg von Goma, tief ins Innerste Afrikas. Aber, was ihn erwarten sollte, davon hatte Maurice noch keine Vorstellung. Er bekam allmählich Hunger und wunderte sich, warum die anderen so wenig sprachen. Sie sahen alle müde aus, einer der Soldaten schlief. War selbst noch ein halbes Kind, hielt ein viel zu großes Gewehr zwischen den Beinen. Immer, wenn der Truck in ein Schlagloch donnerte - und das passierte alle Naselang -, schlug der Gewehrkolben an den Kopf des Jungen. Maurice beobachtete auch die anderen. Ein Mann war schon älter. Vielleicht fünfzig. Auch er sah müde aus. Er hatte den Blick stur auf den Boden des Lasters gerichtet. Nur einmal trafen sich ihre Blicke. Das machte Maurice Angst, denn der Mann wirkte auf den ersten Blick erkennbar traurig und auch verängstigt. Die Situation stellte sich für Maurice nun so dar: Da war der Chef vorne, der zwar bestimmt, aber halbwegs freundlich war und dann war da dieser unmögliche Gregoire auf der Ladefläche. Der Rest der Truppe aber wirkte gänzlich anders. Irgendwie gelähmt. Maurice hatte keine Ahnung, dass er im Grunde der lebende Nachschub war, die Truppe nach einem Verlust sofort wieder aufzustocken. Sie waren dreizehn Leute gewesen auf dem Truck. Bis zum Vortag. Da war ein junger Soldat, so jung wie Maurice in etwa, einen Abhang hinabgeklettert. Sollte zu den Leuten im Dorf gehen, ihnen etwas *beibringen*. Die waren widerspenstig gewesen, wollten nichts *beigebracht bekommen*. Hatten Angst gehabt, wenn nun eine neue Rebellentruppe dasselbe forderte, wie die letzte zuvor, könnte das ganze Dorf in Schutt und Asche liegen. Die zwölf und der Boss standen oben an der Böschung und hatten zugesehen, wie der Junge mehr abrutschte als abstieg. Es war sein eigenes Dorf gewesen. Der kleine Weiler war seine Heimat. Er kannte die Menschen dort gut. Großonkeln und Tanten, seine Geschwister, sie alle waren dort unten. Nur Vater und Mutter hatte er nicht mehr gehabt, der Kleine, der so ganz klein nicht mehr war. Er geriet in Streit mit einem Mann aus dem Dorf. Der warf ihm vor, das Dorf verraten zu haben. Aber hatte der junge Soldat eine Wahl gehabt? Er wäre umgelegt worden, wenn er sich gegen die Anweisungen der Rebellenbosse gestellt hätte. Einfach im Dorf bleiben und sagen: *Ich gehe nicht mehr zurück zu den Soldaten.* Das hätte er am liebsten getan, aber dann wären sie gekommen. Vermutlich in einer Nacht, überraschend und mit allem was sie als Mordwerkzeug so besaßen. Feuer hätten sie gelegt, gebrandschatzt, vergewaltigt, geraubt und getötet. Das wusste er. Er wusste es und wollte das Dorf schützen. Also machte er dem Mann unten im Feld klar, dass es sicherer war, zu zahlen und ein oder zwei junge Männer zur Truppe abzustellen. „Du bist ein Verräter", hatte der Bauer ihm an den Kopf geworfen. Der Junge hatte kein Gewehr. Er hatte kein Messer. Er war unbewaffnet. Aber die Truppe oben am Rande der Böschung blickte schwer bewaffnet nach unten und sah zu wie die beiden immer mehr aneinander gerieten. Es wurde lauter, Fäuste kreisten in der Luft und dann fiel ein Schuss! Der Boss knallte in die Luft. Das wirkte. Der Bauer sagte rasch etwas, verließ die Szene dann im Laufschritt. Und der junge Soldat kletterte den steilen Abhang hinauf. Als der Bauer fast außer Sichtweite einen kleinen Pfad entlang entschwunden war, muss ihn noch einmal die Wut gepackt haben. Die Wut auf einen jungen Mann aus dem Dorf, der noch nicht ganz erwachsen war und von den eigenen Dorfbewohnern, den Nachbarn, Verwandten und Freunden nun Geld und Gehorsam forderte. Es war eine ganz eigene Art der Prostitution. Der Bauer bückte sich und nahm einen Stein. Das sah der Boss, der Junge sah es nicht, der kletterte den Abhang hinauf. Es fiel ein zweiter Schuss zur Warnung, der sein Ziel aber verfehlte. Im Gegensatz zum Stein. Der landete genau auf der Wirbelsäule des Jungen. Da wo der Kopf auf dem Körper sitzt. Ein grässlicher Laut. Ein Knacken vermischt mit kehligem Gurgeln, Hände, die Grasbüschel kraftlos losließen. Dann rutschte ein schmaler, schwacher Körper den Abhang wieder hinab. Dicke Stiefel wickelten sich in Grashalme, ein Kopf, der einen Helm trug, der kaum Schutz bot, krachte auf einen umgeknickten Baum und Blut aus einer Wunde färbte das Grün rot. Dann fielen erneut Schüsse. Der Bauer war verschwunden. Er wusste, dass er zum Mörder geworden war und dass seine idiotische Aktion unweigerlich zu Rache führen würde. Am liebsten hätte er sich sofort erschießen lassen wollen, war aber zu feige für diese Art des Suizids, also duckte er sich weiter tief in den Busch hinein und lief dann so schnell er konnte in das Dorf. Er hatte einen von ihnen mit einem Stein erschlagen.

In der Zwischenzeit war der Boss selbst den Abhang hinabgestiegen. Auch er stolperte mehr als dass er sich auf den Beinen halten konnte. Es war zwar nicht ungewöhnlich, im Krieg Tote zu sehen und Krieg herrschte in dieser Gegend schon seit Generationen - auch wenn man diesen Krieg nicht Tag für Tag spürte und sich nicht Armee gegen Armee gegenüberstand. Aber dass der Junge jetzt hier im Hügel zurückbleiben würde, nur weil es zwischen ihm und irgendeinem Dorfbauern zu Streit gekommen war, das wäre schon arg unnötig.

Er erreichte den leblosen Körper am Fuße des Abhangs, da wo der umgekippte Stamm lag. Der Kopf war seltsam verdreht, die Augen blickten den Chief weit aufgerissen und starr an. In diesem Moment war ihm alles klar. Er nahm seinen Helm ab, senkte kurz den Blick und bat den Herrn um Vergebung. Dann rief er nach oben, dass es Zeit wäre, abzurücken. „Wir fahren weiter", befahl er. Der Chief war nicht herzlos, aber er hatte keine Möglichkeit, einen Leichnam auf dem Truck zu transportieren. Die andern Soldaten, es waren in der Mehrzahl ja noch Kinder, sollten zudem nicht unter dem Schrecken mehr leiden müssen, als sie das ohnehin taten. Und Gregoire würde schrecklich unpassende Reden schwingen und Blödsinn erzählen. Er würde grausige Theorien entspinnen, was man nun mit dem Dorf alles anstellen musste. Also entschied sich der Boss dafür, dass der Junge an der Stelle, wo er umkam, auch zu bleiben hatte. Er hoffte, dass der Bauer oder andere Dorfbewohner rasch genug an das Feld im Hügel zurückkehren würden, um dort nach dem Rechten zu sehen. Dann würden sie das tote Kind schon finden und bestatten. Da war er sich sicher. Es war ja einer von ihnen gewesen. Und dann galt es sorgfältig abzuwägen, was sie tun würden. Man konnte sich, wenn man seine Macht demonstrieren wollte, natürlich nicht gefallen lassen, dass ein einzelner Bauer sich derart widerspenstig zeigte. Er musste die Soldaten am Rande des Abhangs ja deutlich gesehen haben und der Schuss war nicht zu überhören gewesen, sonst wäre er ja nicht davongelaufen. Und dann - für nichts und wieder nichts - mit einem Stein einen Soldaten ermorden, das ging zu weit. Noch dazu, wo das Kind aus dem Dorf stammte! Der Boss fühlte sich irritiert und leer. Ein Gefühl, das er so nicht kannte. Er hatte Angst, noch mehr Unheil anzurichten.

Gregoire schwor die Jungs auf der Pritsche des Trucks sofort auf blutigste Rache ein. Alles würde brennen, jeder würde vor Angst glühen und die Schreie würden Warnung sein noch für Dörfer in weiter Ferne. Aber der Boss hatte erst einmal nichts dergleichen vor, schwieg sich über seine Vorstellungen aus, aber er ließ Gregoire gewähren. Bei ihm war man ja nie ganz sicher, ob er beim nächsten Besuch im Hauptquartier nicht wieder nach oben meldete, dass der Boss zu weich sei, ein Feigling, ein Weichei, jemand, der nicht zuschlug, wo Zuschlagen angebracht war.

Und nun saßen sie da, alle wie gebannt auf den Boden des Trucks starrend. Der Neue sollte den toten

Kameraden ersetzen. Das bedrückte die meisten zutiefst, nur hatte Maurice keine Ahnung davon. Er würde es erst spät am Abend erfahren. Gregoire schien keinerlei Gefühl zu besitzen und starrte lieber provozierend in Maurice' Gesicht.

Es war schon lange dunkel, als der Boss den Truck endlich stoppte. Im Dorf hatte sich die Aufregung auch schon wieder etwas gelegt. Sie wussten ja nun von Maurice' Schwester, dass er fort wollte und auch so rasch nicht mehr wiederkommen würde. Die Mutter hatte still noch den Rest des Tages getrauert und ein stummes Gebet gesprochen, als sie das Wasser ins Dorf getragen hatte. Der Kongo war ein gefährliches Land und die Provinz Nord-Kivu erst recht. Aber Maurice hatte davon im Grunde keine Ahnung, denn die Gefahr war Zeit seines Lebens präsent gewesen. Sie kamen mit ihren schweren Stiefeln und polterten herum. Sie gingen und alles lag in Schutt und Asche. Eigentlich durfte man sich niemals an so etwas gewöhnen. Aber die Kinder hier kannten ja nichts anderes. Und das herrlich einfache Leben, das kam nur im Fernsehen vor, da hatten alle Geld und prächtige Pools in den Gärten. Und so glaubten die Kerle wie Maurice, dass schon Goma die wahre Herrlichkeit sein musste. Und drüben in Ruanda, da wo vor etlichen Jahren noch der Teufel am Werk war und die Menschen sich gegenseitig umbrachten, nur weil sie der falschen Ethnie angehörten, da war sowieso alles besser mittlerweile. Wer dann die Chance hatte, im Fernsehen oder im Internet einen Blick auf das Leben in den großen Metropolen zu erhaschen, der wusste, wonach es zu streben galt. London. Paris oder New York, Shanghai oder Berlin. Auch Johannesburg oder Dubai waren attraktiv oder Nairobi. Aber für die meisten von ihnen blieben es Tagträume. Die Leute blieben Zeit ihres Lebens in ihren kleinen Dörfern in den Hügeln im Dunstkreis des riesigen Kivu-Sees. Und selbst diesen hatten ganz viele von ihnen noch nie in ihrem Leben gesehen.

Die Soldaten sprangen vom Lastwagen ab. Maurice versuchte, sich zu orientieren. Er erkannte ein, nein zwei brennende Feuer in unmittelbarer Nähe zum Truck. Dahinter saßen andere Soldaten und drei oder vier Frauen, die in riesigen Töpfen rührten. Es sah also so aus, als gäbe es etwas zu essen. Im Hintergrund, man sah es im fahlen Licht kaum, standen zwei Hütten. Es waren Container. Ja, es waren umgebaute Schiffscontainer. Man hatte die rostigen Dinger irgendwie bis in den Dschungel gebracht, Löcher hineingeschnitten, damit man Fenster hatte und eine Tür. Die Seiten waren mit schweren Ketten verschlossen. Eine Antenne stach hoch in den Himmel hinauf. Sie wedelte langsam im sanften Wind. Mal erfasste sie ein kleiner Lichtschein des Feuers, mal verschwand sie wieder im Dunkel der Nacht.

Die Frauen winkten den Soldaten. Ihre Blicke verrieten, dass sie ahnten, dass es Probleme gegeben hatte. Der Boss lief zu einem der beiden Feuer auf eine Frau zu. „Wir haben Gerard verloren. Ich will darüber nicht sprechen jetzt. Das ist Maurice, er ist neu. Wir stellen ihn morgen vor. Gebt ihm etwas zu essen und weist ihm einen Schlafplatz zu." Dann drehte er sich um und verschwand in einem der beiden Container.

Der Boss war den ganzen Abend über nicht mehr zu sehen. Maurice fühlte sich schrecklich einsam. Niemand nahm so recht Notiz von ihm und wenn, dann waren es seltsam abwertende Blicke oder Sprüche, die ihn nicht gerade aufbauten. Gregoire sprach zu den jungen Frauen am Feuer und erzählte in epischer Breite, was vorgefallen war. Erst zu diesem Zeitpunkt wurde Maurice bewusst, welche Rolle er in diesem Spiel einnahm. Er ersetzte einen jungen Soldaten, der ums Leben gekommen war. Erst am Tag zuvor! Daher sahen ihn alle so ablehnend an. Maurice konnte und wollte doch nicht die Rolle eines toten Kameraden einnehmen. Er war einfach nur der Neue. Aber er wollte nicht um einen Platz in der Gruppe kämpfen, wenn all ihn von Anfang an missbilligten. „Den kriegen wir schon klein", sagte Gregoire zu einer der beiden Frauen und fasste ihr dabei unangenehm aufdringlich an die Brust. Sie wandte sich, halb angewidert, halb peinlich berührt lächelnd ab. Meinte dieser widerliche Typ nun ihn, Maurice, oder jemand anderen? Warum sollte man ihn klein bekommen? Weil er im Bus etwas trinken wollte? Oder war am Ende gar der Boss gemeint?

Eine Frau wies ihm den Weg zu einem Zelt im Hintergrund. „Da ist dein Platz drin", sagte sie. „Und wundere dich nicht, wenn sie hier alle etwas barsch sind."

Sie wirkte freundlich. War etwas älter als die anderen Frauen, die um die Kochtöpfe herumstanden. Maurice hatte nicht bemerkt, dass sie hinter einem der Töpfe aufgetaucht war und wusste auch nicht, wo sie herkam. Er versuchte sich immer noch einen Überblick über das Lager zu verschaffen. Es war ein plattgetretener und gerodeter Platz inmitten des Dschungels. Hinter den Containern standen einige Zelte ins Dickicht hineingestellt. Vielleicht zehn an der Zahl, möglicherweise einige mehr. Vielleicht hundert Meter vom Feuerplatz entfernt. Auf den Zelten waren in weißer Schrift Zahlen aufgedruckt. Lesen konnte Maurice kaum. Zu selten war er in der Schule gewesen. Nicht so wie Laurent, den er ab und an als Leseratte verspottete, weil er so gerne in Büchern blätterte und schon alle Buchstaben kannte. Laurent liebte die Schule. Maurice selbst hasste es, wenn andere ihm etwas beibringen wollten. Der Boss im Dorf war er gewesen. Im Dorf hatte das bei den Gleichaltrigen und den Jüngeren meist perfekt geklappt. Hier draußen im Nichts unter all den Soldaten, da war er einer der *Kleinen*. Und klein und unbedeutend fühlte er sich auch in diesem Augenblick, da ihn so viele anstarrten.

Auf dem Zelt entzifferte Maurice dann doch die Nummer vierzehn. Ließ das nun darauf schließen, dass es wenigstens vierzehn Zelte gab oder war diese Nummerierung einfach Zufall? Neben dem Zelt, das ihm die Frau gerade öffnete, entdeckte er Zelt Nummer acht und daneben die einundzwanzig. War also alles reiner Zufall. Die Frau trat vor ihm ein. Es war ein Zelt, in dem normalerweise vielleicht drei Personen Platz finden sollten. „Hier seid ihr zu fünft. Die fünf Jüngsten. Keinen Streit, keinen Krach und keinen Ärger", sagte sie zwar bestimmt, aber nicht unfreundlich. Dann fügte sie noch an: „Wie heißt du eigentlich, Kleiner?" Maurice hasste es, wenn ihn jemand so nannte. Aber in diesem speziellen Moment tat es ihm sogar gut. Er fühlte sich ein kleines Bisschen aufgenommen und durfte das Gefühl haben, doch noch nicht erwachsen zu sein. „Maurice. Ich heiße Maurice", gab er mit belegter Stimme zur Antwort. In der Zwischenzeit war die Frau wieder aus dem Zelt gekrochen. Sie hielt nun eine Taschenlampe hoch. „Da links hinten. Die Decke, das ist deine. Pass auf, dass nichts nass wird. Und die Taschenlampe hängt hier in der Mitte des Zelts. Ihr habt nur eine. Wenn die Batterien leer sind, müsst ihr zum Boss. Der führt Buch und wenn er das Gefühl habt, ihr habt das Licht zu lange an, dann gibt's richtig Ärger. Also nicht lange brennen lassen. Klar?" Maurice nickte. Der Lagerplatz im Innern des Zelts war eng, klein und noch unbequemer als die Hütte im Dorf. Es roch muffig und alles war feucht und klamm. „Juju", sagte die ältere Frau dann. „Ich heiße übrigens Juju. Wenn es etwas gibt, dann komm' zu mir. Ich bin hier sowas wie die Mutter für die Jüngsten. Wie alt bist du eigentlich?" Maurice antwortete schüchtern: „Vierzehn." Sie nickte. „Passt ja zu deinem Zelt."

„Du hast nichts bei dir, richtig?", wollte sie noch wissen. Maurice schüttelte den Kopf. Er war nun müde. Aber Hunger hatte er dennoch. Und Durst. Den ganzen

Tag über gab es nichts zu essen und zu trinken. Seine Kalebasse lag irgendwo zwischen hier und dort auf der staubigen Straße, aus der Hand geschlagen.

Juju machte ihm mit einer Handbewegung deutlich, dass er mit ihr kommen sollte. Sie begleitete ihn zurück zu dem gerodeten Platz vor den Zelten. Dort, wo es angenehm warm war und das Feuer loderte. Sie kramte von irgendwo einen Emaile-Napf hervor und einen Becher aus Plastik. „Deine", sagte sie und reichte sie ihm. „Pass gut drauf auf, es gibt nur diese." Waren das nun die Utensilien seines Vorgängers, den sie alle zu vermissen schienen? Maurice versuchte, nicht länger darüber nachzudenken. Er ließ sich von einer der jüngeren Frauen am Feuer etwas zu essen in den Napf geben und die andere deutete auf einen großen gelben Kanister etwas abseits. „Aber nur zwei Becher pro Essen, klar!", meckerte sie Maurice an, als hätte dieser schon durch seine bloße Anwesenheit im Lager einen groben Fehler begangen. Er nahm den Napf und steckte vorsichtig die Nase in den Brei. Es roch nach nichts, sah auch nicht besonders appetitlich aus. Das wässerige Zeug enthielt auf jeden Fall ersichtlich ein paar Bohnen. Er hatte aber einen derart großen Hunger, dass er rasch alles von der Pampe in sich aufnahm und eigentlich noch viel mehr davon hätte essen können. Aber er sah niemanden noch ein zweites Mal zum großen Topf am Feuer gehen. Nur die drei Bosse aßen mehr beziehungsweise etwas anderes. Auch Gregoire war nicht zum Essen an den Dreibeintopf gekommen. Eine der Frauen trug einen Topf in den Container. Dorthin waren die Chefs verschwunden. Sie bekamen etwas mit Huhn serviert. Maurice lief das Wasser im Mund zusammen. Er hatte noch immer schrecklichen Hunger. Sein Magen knurrte weiter ununterbrochen. Er würde versuchen, den restlichen Hunger mit Wasser zu stillen. Also ging er zum großen gelben Kanister. Dort stand ein junger Soldat. Vermutlich kaum älter als er. Vielleicht sogar jünger. „Wer bist du?", fragte der den Neuen. „Maurice", sagte dieser langsam und relativ leise. „Der Neue", fügte er noch an. „Einmal darfst du zum Nachfüllen kommen. Mehr gibt's nicht." Maurice nickte. Das hatte ihm Juju auch schon gesagt. Es schien nicht allzu viel Wasser zu geben im Lager. Der Wachmann beobachtete genau, wie Maurice den Wasserhahn am Kanister öffnete und Wasser in den Plastikbecher laufen ließ. Randvoll. Sodass kein weiterer Tropfen hineinpassen wollte. Er trank rasch vom Rand ab. „Du lernst schnell", grinste der Wachmann. Nun musste auch Maurice lächeln. Dann leerte er den Becher in einem Zug und wiederholte das Spiel sofort noch einmal. „Bekommt man am Tag etwas zu trinken, wenn man unterwegs ist?", wollte er von dem anderen Soldaten wissen. „Du darfst in der Früh wieder zweimal trinken. Wenn wir auf Mission unterwegs sind, gibt's nichts zu trinken." Maurice verstand. Vier Becher voll Wasser am Tag mussten also reichen. Zwei morgens, zwei abends. Aber dann, wenn es mittags heiß war und die Sonne vom Himmel brannte, musste man durchhalten. Keine guten Aussichten, dachte sich der Neue.

Die Nacht über schlief Maurice nur schlecht und wenn er in seichten Schlaf fiel, träumte er grässlich wirre Dinge. Er sah Brände. Im Dorf. Die Hütte seiner Eltern brannte nieder. Irgendwo hörte er Kinderstimmen rufen. War das nun wirkliches Rufen vor dem Zelt oder ein Ruf im Traum? Er sah seine kleine Schwester durch das Zelt schweben. Es machte ihm Angst. Gelähmt durch den Schlaf hatte er keine Möglichkeit, sich darüber Gedanken zu machen oder die Bilder zu verdrängen.

Er lief wie ein wildes Tier durch das Dorf, Schweiß troff ihm von der Stirn. Tränen rannen wie salzige Ströme über die Wangen. Maurice versuchte das Feuer zu löschen. Mit dem Inhalt einer einzigen Kalebasse. Darf sie nur zweimal am Tag auffüllen! Wo beginnen? Wo Nachschub fassen? Es war ein aussichtsloser Kampf gegen die Flammen. Immer wieder schreckte der Junge im Schlaf hoch. Aber er wurde nicht vollständig wach. Dann hätte die anderen Kinder wahrgenommen, die ebenfalls in seinem Zelt schliefen. Auch sie wälzten sich in der Hitze hin und her und fanden keine wirkliche Erholung im Schlaf.

Am nächsten Morgen weckte ein Scheppern an der äußeren Zeltstange alle. Maurice schreckte hoch. Er war doch noch tief eingeschlafen. Jetzt erst erspähte er die Gesichter der anderen Jungen. Sie kamen aus ihren Decken gekrochen. „Wer bist du?", fragte ein kleiner Junge, vielleicht zehn Jahre alt. Es war Speed. Speed war Waise. Speed war ein armes Schwein. Das wussten alle.

Sie behandelten ihn oft etwas rücksichtsvoller. Nur Gregoire nicht, der war auch zu Speed gemein und ließ ihn spüren, dass er mächtiger war und kräftiger und mehr Einfluss hatte. Niemand hatte so wenig Gefühl und so wenig Grips wie Gregoire, aber niemand ging so leicht über Leichen wie er und das wussten und brauchten die Bosse ganz oben. Im Grunde war Gregoire auch ein armes Schwein. Gregoire konnte man in allen Lebenslagen manipulieren. Sie trichterten dem Achtundzwanzigjährigen immer wieder ein, etwas ganz Besonderes zu sein. Er sei quasi die rechte Hand der Bosse, das meinte er und das gaben sie ihm zu verstehen. Aber in Wahrheit horchten sie ihn nur aus, missbrauchten den Dümmsten, den sie gefunden hatten als Spion innerhalb der Truppe. Wenn sie etwas durchsetzen wollten und der Chief im Lager das nicht haben wollte, dann ließen sie Gregoire antanzen, der dann für viel Aufsehen sorgte. Das ein oder andere blaue Auge war da schon möglich und griff der Boss Gregoire an, sei es in Worten, sei es auch mal körperlich, dann rannte der zu den Oberbossen und jammerte ihnen die Hucke voll. So wussten die stets, wer loyal war und wer nicht. Alle - auch die Zwischenbosse im Lager - hassten Gregoire, so wie alle Speed liebten. Er war ein kleiner, verspielter Junge. Den schickten sie zum Entschärfen der Landminen in die engen Furchen auf den Feldern. Irgendwann, davor fürchtete sich Juju, die die Mutterrolle für Speed übernommen hatte, würde er sich bei einem solchen Einsatz ein Bein abreißen lassen. Oder einen Arm verlieren. Armer Speed! Er sah immer so mitleidsvoll in die Gesichter der anderen. Er wünschte sich von allen die Bestätigung, die er von Vater und Mutter nie mehr bekommen würde.

Er hatte bei einem Angriff der Truppe auf den Weiler seiner Familie beide verloren. Gregoire hatte dann dem großen Bruder die Knarre auf die Brust gesetzt und gesagt, er solle ihm seine Schwester mitgeben. Er brauche eine Frau für die Nacht. Dann hatte Gregoire gelacht. So gehässig und so gemein, wie es nur Gregoire konnte. „Lass das", hatte der Boss gesagt. Gregoire aber forderte erneut die junge Frau von Speeds großem Bruder. Der rief seiner Schwester nach, sie solle laufen, laufen, so schnell sie konnte, in den Busch verschwinden. Sie starb in Gregoires Kugelhagel. Der Boss war damals auf den Irren zugeeilt, hatte ihm die Waffe aus der Hand reißen wollen, der aber schoss weiter auf den Busch, dort, wo die junge, hübsche Frau gelaufen war. In der Zwischenzeit lag ihr lebloser Körper blutüberströmt und bewegungslos im Grün, färbte den Boden rot und niemand schien zu verstehen, was gerade geschehen war. „Du Idiot", hatte der Boss geschrien, die Waffe versucht an sich zu reißen. Ein letzter Schuss hatte dann Speeds großen Bruder getroffen. Der hatte wie gelähmt da gestanden und mit angesehen, was geschehen war. Mutter und Vater waren auf dem Feld umgekommen. Sie hatten sich zum falschen Zeitpunkt mit der Ernte auf den Weg ins Dorf gemacht. Gregoire hatte den Befehl gegeben, das Dorf niederzumachen. Er wollte das Mädchen haben. Er hatte sie schon einmal bei einem Raubzug durch den Weiler ins Auge gefasst. Damals aber ging es den Oberbossen nur ums Geld und die Macht. Gregoire aber schwor sich, er werde wieder kommen und seine *Braut* holen. Jetzt lag die Widerspenstige tot im Gras, neben ihr sank der große Bruder zu Boden, getroffen von einer letzten Kugel. Das ganze Dorf in Angst und Schrecken. Zwei Hütten brannten, vierzehn Leichen verstreut auf dem Weg zum Dorf und zwei Tote im Weiler. Kein Mensch konnte das verkraften. Auch Gregoire nicht. Deswegen soff er. Deswegen vergewaltigte er. Deswegen ließ er seine Aggressionen an allen anderen aus. Der Chief war da bedächtiger. Aber auch er hatte viel zu viele Leichen in seinem Leben gesehen. Und griff zu selten ein.

Speed war keine sieben gewesen zu diesem Zeitpunkt. Er hatte in der leeren Hütte gestanden und mitbekommen, wie der Bruder die Schwester beschützen wollte. Den Streit. Den ersten Schuss, die vielen weiteren. Er hatte gesehen, wie der strauchelnde Körper der Schwester ins Leere blickte und das Leben aus ihr wich. Er musste mit ansehen, wie der Bruder in sich zusammensackte und zu Boden fiel und er begriff diese brutale Endgültigkeit nicht. Aber er verstand den Schmerz, der sich in ihm breit machte als Warnung. So wollte er nicht werden. Er sank zu Boden, hielt die Hände vors Gesicht und betete. Zum Weinen fehlte dem Kleinen die Kraft.

Es war der Chief gewesen, der, nachdem er Gregoire eine verpasst hatte, sich auf die Knie begab und mit Speed sprach. „Wir müssen ihn mitnehmen", sagte er dann zu den anderen. So wurde Speed ein Kindersoldat, weil er als Waise keine Familie mehr hatte. Er wurde Teil der Truppe, die seine Eltern und seine Geschwister auf dem Gewissen hatte. Er hatte nichts zu lachen und lachte dennoch ab und an ein freundliches Kinderlachen. Speed hatte aber meist den traurigsten Blick, den ein Mensch haben konnte. Juju verstand den Kleinen und sie wusste, dass der halbstarke Maurice, der im Dorf so tat, als wäre er ein *richtiger* Kerl wie Gregoire, in Wahrheit viel mehr von Speed hatte und im Innern ein guter Kerl war. Das hatte sie auf den ersten Blick erahnt. Daher waren die beiden gut in einem Zelt untergebracht.

Maurice und Speed machten sich miteinander bekannt und beide erzählten sich kurz ihre Geschichten. „Freiwillig?", fragte Speed erstaunt nach. „Wieso tust du dir diese Scheiße denn freiwillig an, wenn du Vater und Mutter hast und eine Schwester, die du so gern hast?" Er schüttelte ungläubig den Kopf und tat dabei sehr erwachsen. Maurice spürte in diesem Moment etwas, das sich wie Schuld anfühlte, wie eine Art Verrat an Speed. Er war auf Grund der Idee hier, ein Abenteuer in der Stadt erleben zu wollen. Er hatte ein neues Leben gesucht, Abwechslung, vielleicht den gewissen Kick. Aber nun war er konfrontiert mit dem Leid eines jungen Kindersoldaten, der hier war, weil er nichts mehr hatte. Leere und Trauer waren die zentralen Elemente seines Lebens geworden - von einer auf die andere Sekunde. Speed wäre so dankbar um das einfache Leben von Maurice, denn der hatte eine liebende Familie, wäre nicht angewiesen auf mordende Soldaten und aggressive Kerle wie Gregoire.

Sie hörten laute Stimmen vor dem Zelt. Es klang wenig freundlich, wie ein gebellter Appell. Und es war auch ein Appell, ein wenig freundlicher Appell. „Was ist das?", fragte Maurice neugierig. „Wir sind hier bei den Rebellen, vergessen?", erwiderte Speed leise. „Da ist alles ziemlich streng und manchmal heftig rau." Maurice nickte, er dachte, er hätte verstanden. Aber er würde erst viel später verstehen - zu einem Zeitpunkt, wo seine jugendliche Seele schon tiefe Kratzer bekommen hatte und das bunte Leben, von dem er geträumt hatte, auf der anderen Seite eines schier unüberwindbaren Grabens zu liegen schien.

Vor dem Zelt wartete Juju auf Maurice. „Schnell, schnell", fauchte sie ihn an. „Du hast ja noch nicht einmal was zum Anziehen", meckerte sie herum. Sie schob den Jungen vor sich her. Jetzt erst sah Maurice bei Tageslicht das ganze Camp. Es war versteckt inmitten des Urwalds. Nur eine matschige Straße führte hinein. Es gab mehrere Zelte und alles wirkte sehr, sehr provisorisch. Irgendwie machte es den Anschein, als könnte man den Container rasch auf einen großen Truck verladen und das ganze Camp an einen anderen Ort transportieren. Maurice war neugierig, traute sich aber nicht zu fragen, ob das wirklich so war. Juju drückte ihm einen Klumpen Brei vom Vorabend in die Hand. „Das gibt es nicht jeden Tag. Das ist, weil du neu bist und sicherlich Hunger hast." Dann gab sie ihm eine lumpige Uniform, die passen könnte. Sie war extrem verschlissen. Ein zerfetzter

Gürtel in Tarnfarben schlängelte sich mühevoll durch das, was einmal Schlaufen waren. Beigefarbener Stoff war unterbrochen von Löchern, die beträchtlich große Flächen ausmachten und nur unzulänglich mit ein paar Fetzen Stoff wieder zugenäht worden waren. Die Uniform bestand nur aus einem Teil und wirkte eher wie ein Overall. Unten war sie zu lange. Maurice musste die Hosenbeine umkrempeln. „Schuhe, du brauchst auch Schuhe!", sagte Juju und kramte in einem Kasten, den sie bereits vor das Zelt gestellt hatte, nach einem Paar Stiefel. Auch die Schuhe hatten ihre besten Tage lange schon hinter sich. Sie stanken und hatten keine Senkel mehr. Die Sohlen aber waren fest und stark und die Stahlkappen vorne machte sie zu einem guten Schutz für Maurice' Füße. Er probierte den Sackanzug an und die Schuhe passten ganz gut. Sie waren aber brutal schwer. Solch schwere Dinge hatte er noch nie am Fuß gehabt. Meist war er ja in Sandalen oder barfuß unterwegs. Maurice hatte das Gefühl, keinen Meter mit den Dingern gehen zu können. Sie schienen wie Magnete am Boden zu kleben und sich nicht bewegen zu wollen. Er musste seltsam ausgesehen haben, wie er da so schlurfend durch die Gegend stolperte. „Heb deine Füße, Kleiner", sagte Juju zu ihm, „sonst kommt der Boss und du kriegst Ärger, wenn du so komisch gehst." Maurice versuchte es. Das war sehr anstrengend und sah immer noch schrecklich komisch aus.

Vor dem Container standen sie. Alle Soldaten. Es waren auch etliche Frauen dabei. Manche sahen mitgenommen aus. Sie hatten wohl einige Anstrengungen hinter sich gebracht in den letzten Tagen. Ein Junge, vielleicht etwas jünger als Maurice, hatte lange Haare. Er sah seltsam aus. Blickte Maurice streng an, machte eine Grimasse. Maurice sah ängstlich zu Boden. Der Junge in Uniform verschreckte ihn. Maurice, der Draufgänger, war kleinlaut und schüchtern. Speed stand neben Maurice und flüsterte: „Das ist der Morgenappell. Mal sehen, was sie heute für uns haben. Da bekommen wir die Aufgaben genannt. Meist gibt's aber erst einmal ordentlich Anschiss." Speed hatte ganz leise gesprochen, dennoch hatte jemand aus der Reihe vor ihnen gehört, dass gesprochen wurde und rief laut: „Fresse dahinten!" Speed und Maurice zuckten zusammen. Diese Aufgaben des Anschnauzens übernahmen meist die Zwischenbosse.

Der Chief war aus dem Container gekrochen. Er wirkte heute deutlich älter als am Tag zuvor. Seine Schultern hingen ein wenig nach vorne. Der Blick war leer und er hatte nichts von einem strengen Militärgeneral auf einer großen Mission. Neben ihm standen zwei andere in Uniformen, die weniger Löcher hatten als Maurice'. Sie hatten Sterne auf den Schulterklappen. Die Truppe vergab ihre eigenen Orden. Zwischen den vielen Soldaten und dem Führungstrupp postierte sich Gregoire in einer Art Zwischenposition. Man sah ihm an, dass er mit jeder Faser seines Körpers gerne ein Teil der Chefetage gewesen wäre, aber nichts weiter war, als ein Möchtegernmilitär. Ballern konnte er und martialisch auftreten, das konnte er auch prächtig. Er hatte aber weder Herz noch allzu viel Verstand, aber die Knarre schnell bei der Hand. Das imponierte den Obersten, die wussten, dass der Dümmste über Leichen gehen würde, um seine eigene Karriere zu fördern und ihre zu sichern. Er war ihr Korrektiv. Wenn der Alte zu nachgiebig war oder nicht bereit schien, Menschen sinnlos zu opfern, dann wussten sie sich auf Gregoire als Berichterstatter zu verlassen. Für eine Nacht mit einer jungen Frau in einem abgewrackten Container oder für eine halbe Flasche Fusel machte er gerne den Bückling. Sie versprachen ihm die halbe Welt. „Du bist unsere Zukunft", hatte einer gesagt und schon so, wie er es ihm gesagt hatte, war klar, dass es nur ironisch gemeint sein konnte. Aber Gregoire drangsalierte in der Truppe die Leute noch mehr. Er soff sich einen an und bildete sich auf seinen Rang etwas ein. Einmal war es so schlimm, dass der Alte zu den Bossen ging und ihnen sagte, dass es nun reiche. Gregoire sei kaum mehr tragbar. Er würde herumpöbeln und seine Autorität untergraben. Da wurden sie anfangs ein wenig vorsichtiger, die Bosse. Sie pfiffen ihn zurück. Aber sie lachten auch über den Alten. Hatte seine Leute nicht besser im Griff, fraß Gregoire ihnen selbst doch aus der Hand. Warum sollte das nicht auch beim Alten klappen?

Der Chief sprach ein paar zackige Worte, alle salutierten und riefen etwas. Maurice versuchte, mitzumachen, verstand aber nicht viel von dem, was da gesprochen wurde. Er war so sehr mit Beobachten beschäftigt. „Speed", brüllte der Alte dann in die letzte Reihe. „Nimm den Neuen und zeig ihm heute das Lager, verstanden?" Speed nickte. „Ja, Sir, ja!", sagte er dann streng, den Blick auf den Boden gerichtet.

Dann war es an der Zeit, die Dinge hier zu begreifen. Speed war ein stiller, aber feiner Junge, der sehr ehrlich war und ab und an zu sarkastischen Ausdrücken neigte. „Du wirst hier oft kotzen", sagte er zu Maurice, der keine Ahnung hatte, was Speed damit meinte. „Warum?", fragte er sogleich nach. „Wart's ab, ich will dir nicht sofort Angst machen. Aber wie gesagt, das hier ist im Grunde die größte Scheiße, die einem Menschen passieren kann." Maurice überfiel ein weiteres mal das Gefühl, dass er etwas falsch gemacht haben könnte. Als sie am letzten Zelt vorbeigekommen waren, ging es einen engen Pfad entlang weiter in den Wald hinein. Es begann zu stinken. Maurice hielt sich die Nase zu. Es roch unangenehm nach Kloake. „Hier ist unsere Latrine", sagte Speed. Aber da war nichts weiter als ein kleiner Graben im Waldboden. „Da?", fragte Maurice sicherheitshalber nach und deutete auf den kleinen Graben. Speed nickte. „Ja, da." Im kleinen Dorf daheim hatten sie auch keine Toiletten wie er sie aus den Fernseh-Streifen aus Amerika her kannte. Aber sie hatten im Dorf drei Holzhäuschen gebaut. Darunter waren tiefe Gruben und die Latrinen hatten Holzbalken mit Löchern. Hier gab es das nicht. Das Abenteuer in Richtung Goma entpuppte sich im wahrsten Sinne des Wortes als knöcheltiefe Scheiße. Fliegen setzten sich auf Speeds und Maurices Kopf. Die beiden Jungs wedelten mit den Armen und versuchten, die Störenfriede rasch wieder loszuwerden. Die Fliegen aber ließen sich kaum abschütteln. Dieses Stück Urwald war ihr Terrain. Hier waren sie in der Mehrzahl und übernahmen das Kommando. Sie schützten und bewachten ihr Reich. Ein *Scheiß-Reich*, dachte sich Maurice. Fliegen beherrschen die Welt der Kacke. Sie schimmern grün, sie surren und jucken auf der Haut. Sie beherrschen ihr dreckiges Geschäft perfekt. Tragen die unsichtbaren Krankheiten von einem zum nächsten und applaudieren sich selbst mit tausendfachem Flügelschlag. Irgendwer muss ja auch in der Scheiße sein Glück finden. Maurice wäre lieber scheiß reich gewesen als in einem Zelt nahe der Kloake auf seine Chance zu warten, ahnend, dass diese Chance so schnell nicht kommen würde. Speed zerrte Maurice wieder von der Kloake fort.

„Geh nur, wenn es wirklich nicht mehr geht, hier her", mahnte er ihn. „Viele sind krank geworden hier." Maurice verstand und folgte dem Jüngeren strammen Schrittes wieder zurück auf den Pfad. „Aber, wenn du musst, musst du hierher, wenn du irgendwo im Lager einen Busch nimmst, werden sie dich hart bestrafen! Es ist verboten." Auch diese Warnung verstand Maurice sehr wohl. Er versprach, darauf zu achten.

Im Lager waren nun am späten Vormittag nur ein paar Soldaten zugegen und die Frauen. Die beiden größeren Lastwagen waren fort gedonnert. Die Frauen begannen allmählich mit den Vorbereitungen für das Essen am Abend. Alles wirkte friedlich und dennoch spürte man eine gewisse Anspannung. Jeder schien jeden zu beäugen, niemand schien wirklich Vertrauen zum anderen zu haben. Auch Speed hielt sich Maurice auf Distanz - noch, später sollte sich das ändern. Manche Fragen zum Leben im Lager wurden vom Jüngeren, aber Erfahreneren einfach ignoriert.

Laurant stand in sicherem Abstand zu den Großen. Sie sahen ihn nicht. Aber er beäugte sie ganz genau. Ab und an musste er eine der lästigen Fliegen verscheuchen. Die Viecher hatten den ganzen Dorfplatz in Beschlag genommen, seit sie die Latrinen dort stehen hatten. Aber die Latrinen waren eine gute Sache. Seitdem gab es viel weniger Durchfall im Weiler. Und dies, so empfand es nicht nur der kleine Laurant, war richtig gut. Nur die Fliegen eben…

Die Alten lamentierten mal wieder. Seit Maurice vor einigen Wochen verschwunden war, war er immer wieder ein Gesprächsthema. Sie rätselten, wie es dem Kerl wohl ergehe. „Lebt bestimmt schon nicht mehr", sagte einer ziemlich abfällig. „Quatsch", meinte der andere trotzig, „Maurice hat jetzt ein Gewehr und macht den Leuten Angst." Sie kannten ihn als den wilden und rechthaberischen Halbstarken, der coole Junge aus dem Dorf eben, immer nur Blödsinn im Kopf und immer für einen dummen Spruch gut. Dass dieser aufschneiderische Maurice im Lager der Guerilla-Truppe nun der zurückhaltende, nachdenkliche Maurice war, ängstlich und recht scheu, davon hatten die Alten hier im Dorf zu dieser Zeit keine Ahnung.

Es gab nur wenig zu essen in diesem Jahr. Es war ein schlechtes Erntejahr gewesen. Geregnet hatte es zwar viel, aber zur falschen Zeit und dann auch wieder viel zu lange nicht. Die Ernte war fast komplett ausgefallen oder verfault. Fleisch kam ohnehin so gut wie nie in die

Schüsseln. Die letzten Rinder in den bergigen Hügeln wurden behütet wie Goldschätze. Man brauchte sie als Milchgeber und als Geldanlage, wenn gar nichts mehr half. Erst kürzlich starb ein Rind, versank im Morast, sie konnten es nicht mehr rechtzeitig retten. Dann kamen wieder Soldaten in die Gegend. Die sagten, sie müssten einen Angriff auf die Region abwehren. Aber wer die Gegner waren, das verstand im Dorf niemand mehr. Die Regierungsarmee? Eine andere Rebellen-Truppe? Sie alle kämpften doch gegeneinander. Mal waren die drüben in Ruanda die Feinde, dann war es wieder der Staat mit seinen korrupten Strukturen. Davon aber verstanden sie nichts im Weiler. Dass es ihnen nicht gut ging, dafür hatten sie ein Gefühl. Gerne hätten sie etwas mehr Luxus genossen. Ach, Luxus! Einfach ein dichtes Dach über dem Kopf! Der starke Regen machte vor den Räumen keinen Halt. Dann, wenn der starke Regen kam, hielt ihn nichts mehr auf. Die Wassermassen bahnten sich ihren Weg durch das waldige Hügelland. Es plätscherte über die lehmigen Wege, zog tiefe Furchen in die ohnehin schmalen Feldwege. Es rann durch die kleinen Furten und kreierte gefährliche Schluchten. Überall in den Hütten bildeten sich dann die kleinen Pfützen und Rinnsale. Die Plastikplanen wurden fest über die Häuserwände gezogen. Wenn die Menschen denn solche Plastikplanen hatten. Rinder und Hühner pressten sich an die Seiten der Verschläge und es schien als riefen auch sie die afrikanische Sonne in diesen Momenten herbei. Die Menschen eilten nur kurz aus den Häusern um den täglichen Geschäften nachzukommen. Sie hatten Sorge, dass die Feuer für die Kochstellen nass würden oder sich keine neuen Feuer mehr entfachen ließen. Dann konnten sie nicht mehr richtig kochen, das Trinkwasser aber musste abgekocht werden. Immer wieder bekamen Kinder üblen Durchfall zu dieser Zeit. Dann hassten alle diesen verdammten Regen. Aber wehe, wenn er ausblieb und die Bergwelt im Juli und August fast ohne das Nass auskommen musste und die Menschen sich danach sehnten. Es fühlte sich an, als kannte in diesem Jahr das Wetter kein Mittelmaß mehr.

Auch Laurents Magen knurrte schrecklich. Er bekam von seiner Maman nur einmal am Tag etwas zu essen. Abends. Dann hatte sie für die ganze Familie gekocht. Meist gab es einen Brei aus Maniok. Manchmal einige Bohnen stattdessen. Manchen Abend ging Laurent dieser Tage auch hungrig ins Bett. Sie grübelten mit leeren Mägen auf dem Dorfplatz. Ging es Maurice besser? Hatte er genug zu essen? Die Soldaten der Guerillatruppen holten sich doch immer wieder das Vieh aus den Dörfern. Denen musste es doch wohl besser ergehen.

Aber auch Maurice hungerte. Im Lager ging es nicht wirklich viel besser zu. Der starke Regen setzte ihnen sogar noch viel mehr zu als den Leuten im Dorf. Viele Kindersoldaten waren krank geworden. Die Nächte waren kalt in den dünnen Zelten. Der Regen hatte die imprägnierten Zeltdächer aufgeweicht. Immer wieder tropfte es auf die brüchigen Decken und zerschlissenen Laken im Innern. Das bekamen sie nicht mehr trocken während des Tags, da auch die Tage oft feucht und verregnet waren. Die Hütten in den Dörfern waren um einiges stabiler als die löchrigen Zelte. In einem anderen Zelt war der Stoff so brüchig geworden, dass nachts bei einem kräftigen Schauer das Dach eingerissen war und sich das ganze Wasser auf die Schlafenden ergossen hatte. Das gab ein grässliches Geschrei. Auch Maurice und Speed waren sofort hellwach gewesen. Die Jungs in dem betroffenen Zelt waren furchtbar erschrocken, als sich das Wasser auf ihre durchlöcherten Decken entlud, ihre Gesichter traf und sie nach Luft schnappen ließ.

Es gab nichts mehr Gekochtes zu essen an diesen Tagen. Die Feuer wollten sich einfach nicht mehr richtig entfachen lassen. Feuchtigkeit zog durch alle Poren. Maurice fror in der Nacht ganz furchtbar. Selten hatte er in seinem Dorf eine solche Kälte gespürt. Lag es daran, dass er von Mutter und Vater trotz all seiner Frechheiten mit elterlicher Wärme umgeben war? Lag es daran, dass das Lager ein wenig weiter oben in den Bergen lag? Es ließ sich nicht bestimmen, was den Grad der nächtlichen Kälte mehr beeinflusste. Das Innere oder das Äußere. Aber es war Maurice auch egal. Der Lagerkoller hatte ihn vollständig erfasst. Eine bleierne Schwermut breitete sich mehr und mehr in ihm aus, nahm Besitz von Maurice und schüttelte sein Gemüt mächtig durch. Speed war der Erste, der das bemerkte. „Du willst türmen, stimmt's?", fragte er den Freund. Maurice fühlte sich peinlich ertappt. In ihm war eine schreckliche Leere entstanden. Nie in seinem Leben hatte der Jugendliche Heimweh vernommen.

74

Er hatte das Heim ja auch nie verlassen. Bislang war Maurice' Ziel die große, weite Welt gewesen. Aber das Abenteuer dorthin zu gelangen war untrennbar verbunden mit dem Traum von Stärke und Selbstbestimmung, von Reichtum und Luxus. Hier aber roch es nach Scheiße, war es nass in allen Ecken und Enden und der Hunger fraß ihn von innen auf. Zudem war *seine* Stärke hier nicht gefragt.

„Ich weiß es nicht", antwortete er Speed ehrlich. Sie hatten seit Tagen nichts zu tun gehabt. Die Chiefs ließen die Jungen gewähren. Es machte keinen Sinn, auf *Mission* zu gehen, wenn man vom Regen so beeinträchtigt wurde, dass die Reifen der Lastwagen sich tief in den Erdboden eingruben und man womöglich dem Feind begegnete, ohne eine Chance auf Flucht zu haben. In den Dörfern gab es nicht mehr viel zu holen, die Felder boten nichts weiter, waren abgeerntet und das Wasser zerstörte den kümmerlichen Rest. Der große Ansturm auf Goma wurde zwar angeblich in irgendeinem Hauptquartier vorbereitet, aber das alles war für das einfache Fußvolk in den Rebellencamps vollkommen uninteressant. Speed und die anderen Jungs spielten mit Steinen, langweilten sich in den Zelten, vertrieben sich die Zeit mit Geschichten aus den Dörfern. Maurice, der im Dorf nun den anderen Jungs gesagt hätte, wo es langgeht, saß meist stumm abseits und ärgerte sich über sich selbst. Sein Schritt hierher, war falsch gewesen. Er spürte auch, dass es kein Fortkommen mehr gab. Jeder Fluchtversuch würde bitter bestraft, so er misslang und so verstand er Speeds Antwort auch als eindringliche Warnung. „Das hat ein Mädel vor ein paar Monaten probiert", erzählte Speed. „Sie ist bis zur Straße runter gekommen. Da hat sie sich im Wald versteckt und gewartet, ob ein Auto kommt und sie mitnimmt. Als ein Wagen kam, durfte sie mitfahren. Aber das Auto kam nicht weit. Die Bosse haben nach der Kleinen gesucht. Sie hat Gregoire gefallen. Das war ihr Todesurteil. Er hatte sie ein-, zweimal… du weißt schon." Davon aber hatte Maurice wenig Ahnung, eigentlich gar keine. Aber er wusste dumpf, worum es ging. „Gregoire wollte das Mädel wiederhaben. Sie war dumm genug, einfach nur zur Straße zu laufen. Nicht direkt, sondern durch das Dickicht. Die anderen Mädchen haben sie nicht verpfiffen. Also nicht direkt", sagte Speed. „Sie haben aber nach zwei Stunden doch gemeldet, dass Odette nicht aus dem Wald zurückgekommen war. Sie gaben ihr zwei Stunden Vorsprung. Zwei lange Stunden *auf der Latrine.* Gregoire hatte getobt. War außer sich. Er und seine Zwischenbosse schlugen die anderen Mädchen. Warum sie das zugelassen hatten? Sie zuckten nur die Schultern. Alle Mädchen im Lager wurden daraufhin verprügelt. Wir hörten in unserem Zelt die Schreie. Und in der Nacht schrieen sie wieder. Es war grässlich, Maurice." Der nickte stumm. Speed sprach weiter. „Gregoire und der Boss haben sich dann den Laster geschnappt. Der Boss hatte noch geflucht und Gregoire gefragt, ob es wirklich sein musste, wegen der *Kleinen* so einen Aufstand zu machen. Aber Gregoire wollte es so und du weißt, Gregoire ist dem Boss wichtig - wegen seiner Kontakte ins Hauptquartier. Also sind sie los. Sie haben oben an der Straße alle Wagen angehalten. Dummerweise haben sie dort auch Odette erwischt. Gregoire hat erst einmal den Autofahrer verprügelt, der das Mädchen mitgenommen hatte. Ich befürchte, wenn der Boss nicht dazwischen gegangen wäre, wäre der Kerl jetzt auch tot. Tot genau wie Odette." Er machte eine Pause. Maurice hielt den Atem an. „Sie ist tot?" Speed hielt noch immer inne. Er wollte die Geschichte nun so dramatisch wie möglich klingen lassen, um dem Freund jeden Versuch, auszureißen so gut es ging, auszureden. „Sie haben sie an den Haaren durch's ganze Lager gezogen. Also nicht sie alle, das stimmt nicht", korrigierte er sich selbst. „Gregoire", schob er dann nach. „Der Boss war bald in seinem Container verschwunden. Wir alle aber mussten zusehen, wie Gregoire sich immer wieder mit einem Ast in der Hand vor ihr aufbaute und zuschlug. Er hat sie geschimpft, was ihr eingefallen sei, sich so einfach zu entfernen."

Die Bosse hatten geduldet, dass Gregoire ein Exempel an ihr statuierte. Er vergewaltigte die junge Odette zweimal in der Nacht. Sie wimmerte schrecklich. Man hat es im ganzen Camp gehört. Am nächsten Morgen hatten sie ihren Leichnam gefunden. Sie lag blutend in der Nähe der Latrinen. Alle Kleineren waren verängstigt.

„Sie haben Odette im Wald verscharrt. Keiner hat sich mehr dorthin getraut. Und seitdem ist es uns allen klar: hier haut niemand ab, wenn er nicht umgebracht werden möchte." Maurice nickte verstört. Aber er spürte in sich auch eine alte Regung aus dem Dorf. Wenn man sich nur clever genug anstellte, dachte er, dann würde man auch diesem Irrsinn hier schon irgendwie entkommen können. Ohne gleich an der Straße gefunden zu werden. Ohne dann geschlagen zu werden. Ohne vergewaltigt zu werden. Und ohne am Ende zu sterben. Außerdem hatte er das Gefühl, hier in diesem Lager ohnehin einen langsamen Tod zu sterben.

Der Regen wurde Tag für Tag weniger und die klammen Klamotten trockneten langsam wieder. Die Stimmung aber blieb weiterhin schlecht - im Lager, wie auch in den Dörfern der Umgebung. Die Mägen waren leer und alle gierten nach mehr zu essen um ihren schmerzhaften Hunger zu stillen. Lange schon hatten sie nicht mehr eine solch schlechte Ernte erlebt. Aber keiner brauchte Angst haben, am Ende tatsächlich zu verhungern, auch wenn die Bäuche knurrten und die Träume von eisgekühlter Coca Cola durch die Fernsehkisten flimmerten. So schlecht erging es ihnen glücklicherweise nicht. Und dafür dankte sie Gott.

Im Camp gab es einen schrecklichen Lagerkoller. Niemand wusste mit sich etwas anzufangen. Gregoire war voller Tatendrang und wurde ausgebremst. Das stimmte ihn aggressiv und angriffslustig. Wehe, man widersprach seinen Vorstellungen, dann setzte es Schläge oder es gab einen Wutausbruch - wenigstens das. Der Chief war oft mit den Zwischenbossen mit dem klapprigen Wagen fort. Sie besprachen dann die Lage im Hauptquartier, das für die meisten Jungs und Mädels im Lager ein unbekannter, geheimer Ort war und von dessen genauer Lage sie keine Ahnung hatten. Nicht immer war ihnen allen klar, dass sie Teil einer Guerilla-Truppe, deren Feind die Regierungstruppen waren und dass dieses Militär, wenn auch gnadenlos unterbesetzt, schlecht ausgerüstet und ohne viel Durchschlagskraft, von Zeit zu Zeit immer mal wieder Angriffe gegen die Milizen starten konnte. Das diente der Regierung dem Aufpolieren des eigenen Images. Man zeigte dadurch Stärke auch gegenüber den vermeintlichen Feinden im Ausland - und dazu zählten wechselnd mal Frankreich und der Rest Europas, mal Amerika und auch die Nachbarländer wechselten die Positionen von Freund zu Feind ab und an.

Nachdem irgendwie bekannt geworden war, dass die Rebellentruppe Goma im Visier hatte, kam es zu einem Angriff durch Einheiten des staatlichen Militärs. Die Geschichten machten im Lager schnell die Runde. Zum Lagerkoller, weil man sich langweilte, kam nun noch die nicht unberechtigte Sorge um die eigene Sicherheit. Für die Jüngeren, die anfangs noch glaubten, das Dasein als Soldat sei vielleicht Spannung und Abenteuer, wurde es besonders bedrückend. Und Maurice war einer von ihnen. Er war immer mehr in sich gekehrt und der Gedanke an Flucht wurde immer präsenter, war ein zentraler Teil seines täglichen Denkens. Er hatte von einem Leben in der großen Stadt geträumt, von eiskalten Cocktails in einem Swimming-Pool. Von hübschen Mädchen und schicken Klamotten. Er war so naiv gewesen, als er das Dorf verlassen hatte. Galt er allgemein ja doch irgendwie als clever, war er jetzt ein Schatten seiner selbst. Oft saß er tagelang nur traurig in einer Ecke und starrte ins Nichts. Speed kam kaum an ihn heran um ihn aufzuheitern. Gregoire berichtete den Bossen, dass der Neue zu nichts zu gebrauchen sei und sie beschlossen, ihn härter ranzunehmen. Schließlich galt es im Lager, seine Kraft unter Beweis zu stellen. Und Schwächlinge, die nur pennen und flennen, brauchten sie hier nicht. Speed wurde nachts zweimal aus dem Schlaf gerissen. Es war Juju. Sie zischte etwas in Speeds Ohr. Nach Stunden kam er wieder zurück. Meist wirkte er müde und verstört. Maurice hatte ihn jedes Mal am Morgen gefragt, was los gewesen sei. Speed aber winkte ab. Wollte nicht sprechen. Durfte nicht sprechen, konnte nicht sprechen, wollte er nicht Schläge riskieren. Es war jedesmal ein Verhör gewesen. Und es ging um Maurice. Weißt du, wer der Kerl wirklich ist? Ihr teilt euch ein Zelt. Er hat Vertrauen zu dir. Sprich endlich, was führt der Kerl im Schilde? Ist er ein Spion? Gregoire gab sich mit den Antworten von Speed nicht zufrieden, wollte mehr erfahren und schlug auf den Jungen ein, bis der vor Schmerz sagte, dass er sich schon vorstellen könnte, dass Maurice eigentlich ein Spion der anderen Seite sei. Schließlich war er ja freiwillig gekommen. Hatte sich angedient. Das machte ihn verdächtig. Dann verhielt er sich so seltsam. Er war anders als die anderen, blieb auch nach Wochen noch ein Außenseiter, der nur Speed etwas von sich anvertraute und ab und an mit Juju sprach. Die aber sagte, dass sie nicht glaubte, dass Maurice ein Spion sei. Sah das Gute in jedem. Gregoire aber wollte seine Geschichte vom Skandal im Lager nicht aufgeben und so prügelte er solange auf Speed ein, bis der sagte, was der Vorgesetzte hören wollte. Die obersten Bosse fragten Gregoire nach den Ergebnissen seiner Befragung und sie waren zufrieden, denn sie konnten nun den Chef des Lagers endgültig absetzen. Er war in ihren Augen nur ein Weichei, das hatte Gregoire immer wieder weiter gemeldet und dabei selbst auf den Posten spekuliert. Er hatte den Alten angeschwärzt, wo es nichts anzuschwärzen gegeben hätte. Hatte ihn immer und immer wieder schlecht gemacht. Ihm mangelnde Loyalität gegenüber dem Hauptquartier unterstellt und dabei den letzten Funken Menschlichkeit mit falscher Treue und seinem Ehrgeiz verwechselt.

Sie kamen mit einem Truppenfahrzeug. Zum großen Verhör. Der Alte wurde in seinen Container bugsiert. Alle hatten es mitbekommen, denn sie lungerten auch an diesem Nachmittag nur herum. „Was passiert da?", flüsterte Maurice in Richtung Speed. Der hatte eine vage Vorstellung, zuckte aber mit den Schultern. Er war sich nicht sicher, ob die nächtlichen Verhöre, die er noch lange in den Knochen spürte, etwas damit zu tun hatten. Er ahnte aber, dass Maurice in großer Gefahr war. Sie würden ihn töten, wenn sie den leisesten Zweifel an seiner Rolle hatten. Aber er hatte ihn nicht wirklich verpfiffen. Er hatte nicht gesagt, dass Maurice eigentlich türmen wollte. Er hatte auch nicht gesagt: „Maurice ist ein Spion der anderen!" Denn: Speed kannte die anderen gar nicht. Er hatte nur unter den brutalen Schlägen gesagt, dass er es sich vorstellen konnte, dass Maurice auch für *die* anderen arbeiten könnte. Aber wer das war und ob es stimmte, das wusste er nicht. Hatte er es nicht auch offen gelassen? Sich etwas vorstellen können, das heißt doch nicht, dass es auch so war? Für Gregoire aber war es sicherlich die Bestätigung, dass etwas mit dem Kerl nicht stimmte. Speed fühlte sich hundeelend. Er hatte sich schuldig gemacht.

Eine vermeintliche Kleinigkeit wurde also zu einem riesigen Drama im Lager. Der Auslöser war gewesen, dass Maurice zu wenig Anschluss hatte und auch nach Wochen ein undurchsichtiger Außenseiter blieb. Zudem hatte Gregoire von Anfang an eine Abneigung gegen Maurice empfunden. Der Junge war ihm womöglich zu clever gewesen, auch wenn er im Lager alles andere als rechthaberisch oder aggressiv auftrat. Er wirkte kindlicher und schüchterner als der jüngere Speed. Sein Vater, seine Mutter und die geliebte Schwester hätten den Sohn und Bruder nicht mehr wiedererkannt. Aber er wirkte dennoch sehr überlegt. Und auch die Dörfler hätten sich verwundert die Augen gerieben. *Das soll unser Maurice sein?* Maurice, vor dem man in Deckung ging? Maurice, der nur Flausen im Kopf hatte? Maurice, der den kleinen Kindern immer wieder übel zusetzte? Der Bier trank? Das war doch nicht *unser* Maurice, der nachdenklich in einer Ecke kauerte und vor sich hin sinnierte.

Die Bosse im Hauptquartier machten kurzen Prozess mit dem Alten. Er, Maurice, war dabei nur ein kleines Mosaiksteinchen gewesen. Aber das entscheidende eben. Speed und Maurice und die anderen lugten vorsichtig in den Container. Wurden aber sofort von Juju vertrieben und die zwei Wachmänner - man nannte sie Kläffer - fuchtelten erzürnt mit ihren Gewehren herum. Da verzogen sich die Kinder und Jugendlichen wieder, zippelten nervös an den losen Bändern ihrer zerschlissenen Uniformen herum und tuschelten. Speed meinte: „Wenn der Alte gehen muss, geht's uns schlecht." Ein anderer fügte hinzu: „Der Alte bleibt, die holen jetzt Gregoire, weil der doch immer lügt." Manche kicherten leise. „Gregoire, das Schwein, das Schwein, Gregoire muss fort, der dicke Gregoire." Sie summten ihr Lied so leise, dass es niemand vernehmen konnte. Würden die Zwischenbosse wissen, was die Jüngsten da für ein Liedchen trällerten, es setzte ein womöglich ein tödliches Donnerwetter. Der starke Gregoire, der sich für unfehlbar und unersetzbar hielt, duldete keinen Widerspruch und seit Odettes Tod wussten alle, dass er auch nicht vor Mord in der eigenen Truppe halt machte. Also pfiffen sie ihr Lied fast stumm und verschluckten den Namen *Gregoire* häufig. Aber sie alle hassten den Kerl abgründig.

Es dauerte eine ganze Weile. Dann kamen sie wieder heraus: der Oberboss und der Alte. Dieser unnahbare Rebellenchef, dem man in der ganzen Truppe mit Respekt begegnete, weil er Angst und Schrecken in den Dörfern und Städten rund herum verbreiten konnteund auch innerhalb der Truppe gefürchtet war. Er hielt die Fäden zusammen. Er konnte mit einer einzigen Handbewegung über das Schicksal einer ganzen Heerschar von

Soldaten entscheiden. Ohne ihn gab es keinen Sold. Er entschied bei Aufruhr und Widerstand über Leben und Tod, ließ nicht selten zu, dass man ersteres verlor. Der Alte neben ihm wirkte müde an diesem Tag. Maurice, Speed und die anderen hatten sich nun etwas abseits positioniert. Was würde geschehen? Der Rebellenchef wischte sich einmal über seinen Oberlippenbart, scharrte mit den Füßen im staubigen Boden und flüsterte etwas zu dem Soldaten neben ihm. Dann gab er ihm die Hand. Der Kläffer schrie unvermittelt laut los. Alle sollten augenblicklich erscheinen und sich versammeln. „Und wehe, ihr trödelt mir rum. Wir haben keine Zeit!", brüllte er hinterher. Da kamen sie alle aus ihren Löchern herausgekrochen. Angst in den Blicken. Neugierde. Aufregung.

Viele, wie Maurice und auch Speed, hatten den Chief aus dem Hauptquartier noch nie selbst gesehen. Sie starrten auf den Alten und sie musterten Gregoire. Der hatte ein fieses Dauergrinsen in seiner Visage. Man musste kein Prophet sein, um sofort zu erahnen, was Sache war. Speed stupste Maurice an. Er flüsterte so leise er nur konnte: „Schau dir Gregoires Fresse an, dann weißt du Bescheid." Maurice schwieg. Er wusste, dass er ungewollt ein Teil dessen war, was hier vor sich ging. Er kämpfte mit Übelkeit und spürte sein Herz unangenehm rasen.

Seitlich neben dem Container blieben sie alle stehen. So konnten sie den Alten und den Oberlippenbart gut beobachten und hatten auch einen hervorragenden

Blick auf Gregoire. Der Aufpasser neben dem Oberboss rammte seine automatische Knarre in den lehmigen Boden und hustete. Es war kein wirklicher Husten. Sollte nur allen zeigen, dass eine wichtige Ansage folgte. dann stand er stramm und still.

Die Stimme des Oberlippenbarts war aber alles andere als das, was die Burschen sich nun erwartet hatten. Sie dröhnte nicht. Sie hämmerte nicht. Hatte nichts gewaltiges in sich. Sie war eher sanft und etwas zu leise. Klang fast weinerlich melodisch. Allein der Klang dieser Stimme berührte Maurice auf seltsame Art und Weise. Konnte dieser Kerl für den Tod so vieler Menschen verantwortlich sein? Warum zitterte die ganze Truppe vor einem Typen, wenn dieser so wenig angsteinflößend sprach?

„Wie ihr alle wisst, gab es Schwierigkeiten hier im Lager." Das klang klar und deutlich. Nur von den Schwierigkeiten im Lager hatte im Grunde niemand eine Ahnung. Selbst Juju sah so aus, als würde sie in dem Moment nichts verstehen oder nichts verstehen wollen. Alleine Speed und Maurice wussten, dass Gregoire die beiden im Blick hatte. Dann fuhr der Oberboss fort. „Wir hatten die Vermutung, dass es im Lager einen Spion der Gegenseite geben könnte. Einen, der gekommen ist, euch alle auszuhorchen. Ich warne diesen Menschen hier eindringlich." Der Blick fiel aber nicht auf Maurice. Der Oberlippenbart wusste also nicht, wer er war oder er hatte ihn nicht ausfindig gemacht oder gar mit Absicht weggesehen. „Wenn du wirklich für den Gegner arbeitest, bist du morgen tot. Und mit dir deine ganze verschissene Sippe in deinem Drecksdorf. Verstanden?" Es war Maurice einen kurzen Moment lang, als müsste er laut *Ja* rufen oder nicken oder irgendetwas sagen, dann aber spürte er, dass Speed ihm auf dem Fuß stand. Klar doch, Klappe halten. Er schwieg freilich.

„Wir glauben nicht, dass diese Gerüchte stimmen", fügte der Oberlippenbart fast stumm an. „Aber leider hat euer Chief hier im Camp zu wenig unternommen, um das auch zu beweisen. Er hat einfach weitergemacht wie bisher. Das geht nicht! Deswegen haben wir beschlossen, den Commander abzusetzen. Er kommt für einige Zeit zu uns ins Headquarter."

Diese Ansprache war halb an die Soldaten gerichtet, halb an den Alten. Es klang nicht allzu bissig. Fast so, als täte es dem Oberlippenbart leid, den Alten absetzen zu müssen. Er war einfach zu milde, das wussten viele der Älteren im Lager und Gregoire saß ihm immer wieder im Nacken. Man sagte ja, dass er den Alten anschwärzte, wo er nur einen kleinen Ansatz vermutete, dass die im Headquarter dann grollen könnten. Etliches war übertrieben, manches stimmte nur teilweise. Aber nie hatte Gregoire komplette Märchen erfunden, Lügengeschichten aufgetischt und sich berauscht am Stricken übler Stories. Ein Fünkchen Wahrheit war immer dabei. Ob es darum ging, stillzuhalten, wenn essen verschwand... Ob es darum ging, dass Kleidungsstücke nicht mehr auftauchten... Ob es darum ging, dass bei Überfällen auf Dörfer die Dorfgemeinschaften wenig abzutreten bereit waren und der Alte das abtat mit *Es war nicht viel zu holen dort.* Mit mehr Brutalität, das war Gregoires Credo, hätte man immer noch mehr herausquetschen können. Der Alte hatte bei Vergewaltigungen nicht wegsehen wollen. Es widerte ihn an, was in den Lagern passierte. „Ich habe auch eine Tochter", hatte er im Stillen einmal Juju anvertraut. Aber seine Macht war zu gering. Gregoire, wenn er auch nicht das Sagen hatte, hatte den direkten Draht zum Oberlippenbart und seinen schwer bewaffneten, gewaltbereiten Jungs.

„Von heute an wird Gregoire das Camp leiten", sagte der Oberlippenbart. Jetzt war die sanft-belegte Stimme doch fest und etwas kräftiger, fast zackig. Ein Raunen ging durch die Reihen der vielleicht fünfzig Leute, die sich rund um den Container postiert hatten. Damit hatten sie zwar alle irgendwann gerechnet. Früher oder später hatte es so passieren müssen. Gregoire war ihr neuer Führer, der neue Chief und Boss im Lager. Aber das Raunen verriet auch, dass es nur wenige gab, die das begrüßten. Er war ein Kotzbrocken. Das war fast allen gemein: Sie verachteten diesen dumpfen Emporkömmling, der nur wenige Dinge beherrschte. Das Morden und Vergewaltigen, das Brandschatzen und Zuschlagen und das laute Brüllen… Und sie alle hassten ihn wegen seiner fiesen Lache.

Immer wieder hatten sie dieses Knattern gehört. Die Leute im Dorf blickten dann nach oben und suchten den Himmel nach den Helikoptern ab. Die Dorfältesten hielten die Hände an die Stirn um besser zu sehen, was da vor sich ging. Die Nachrichten im einzigen Fernseher im Dorf waren alles andere als gut und auch die knarzenden Radioapparate berichteten nichts Gutes. Es schien, als stünde wieder einmal ein Krieg bevor. Rund um Goma waren kleinere Kämpfe im Gange.

Laurent durfte jetzt nur noch unweit der Hütten im Dorfkern spielen. „Wer weiß, was denen einfällt", hatte sein Vater gesagt und ihn streng angesehen. „Bleib bei den anderen Kindern, höre auf deine Schwestern und sei vorsichtig", mahnte ihn auch die Mutter mehrfach am Tag. Der kleine Junge war gerade neun geworden. „Mein großer Junge", hatte seine *Maman* da liebevoll zu ihm gesagt. Er war nun tatsächlich in einem Alter, wo man daran zu denken hatte, ihn noch mehr in die Feldarbeit einzubinden. Aber Laurent war für sein Alter untypisch klein, wirkte schwächlich und zerbrechlich. Sie alle behandelten ihn wie ein kleines Kind, das vielleicht sechs Jahre alt war. Nicht aber wie einen Neunjährigen aus einem kongolesischen Weiler. Eine Schule hatte Laurent bislang nicht besucht. Es fehlte das Geld. Und die nächste Schule war weit mehr als drei Stunden Fußmarsch weit entfernt. Er hätte Tag für Tag viele Kilometer zu Fuß gehen müssen. Durch unwegsames Gebiet, mitten durch den Wald, mehrere Hügel hinauf und wieder hinab. Aus dem kleinen Dorf machte das kein Kind. Nur ein Junge war zur Schule gegangen. Der erste Sohn des alten Dorf-vorstehers. Der Dorfvorsteher selbst war schon gestorben, vor einigen Jahren. Sein Sohn hatte mittlerweile geheiratet und das Dorf verlassen. Er lebte jetzt in Sake, einer Stadt an der *Route Nationale 2*, der großen Straße Richtung Goma. Von Sake aus war man in einer guten Stunde im Zentrum von Goma. Es waren nur mehr ein paar Kilometer. Man konnte von Sake aus sogar mit dem Fahrrad nach Goma gelangen. Einmal war Paul ins Dorf zurückgekehrt. Er hatte seinen Onkel, den Bruder seines verstorbenen Vaters, besucht, der selbst auf dem Krankenbett lag und alsbald ebenfalls starb. Da hatten sich alle um den jungen Mann versammelt. Viele aus dem kleinen Dorf hatten noch nie eine größere Stadt besucht, waren nie bis Goma gekommen. Paul aber war in der Lage, zu lesen und zu schreiben. Er lebte in einem kleinen Haus aus Stein. Seine klapprige Hütte aus der Kindheit betrachtete er aber mit größtem Respekt. Er dankte den neuen Dorfältesten für alle Möglichkeiten, die sie ihm gegebenen hatten. Er war voller Dankbarkeit dafür, dass er damals in der Stadt eine Schule besucht hatte und wünschte sich, dass mehr Kinder aus dem Dorf das Lesen und Schreiben lernen konnten. „In Sake", erzählte er ihnen auf dem Dorfplatz, „sind wir auch nicht reich. Es gibt so viele Soldaten in der Stadt. Der Krieg ist noch nicht vorbei dort. Auch wenn gerade nicht geschossen wird, sind alle dauernd verunsichert." Dann fügte er an: „Glaubt mir, es ist kein einfaches Leben dort, auch wenn ich ein Haus aus Ziegeln habe und von meiner Arbeit ganz gut leben kann, es ist nicht einfach und wir leben in ständiger Angst, dass der Krieg wieder ausbricht." Die Alten nickten und die Jungen schwiegen lieber. Maurice, der etwas abseits auf einem Stein gehockt hatte damals, lauschte sehr aufmerksam. Er filterte nur das heraus, was sein Bild vom Abenteuer ergänzte. Goma, das Paradies, dort rührte sich etwas und Angst war schlicht nur etwas für Feiglinge. Hörten seine erstaunten Mitbewohner denn nicht, dass Paul zwischen den Zeilen sagte: *Uns geht's prima. Wir haben Wasser aus dem See, können Fische fangen und haben genug zu essen. Haben ein gutes, stabiles Haus aus Stein und wir haben Jobs, die Geld einbringen. Kommt nur ja nicht auf die Idee, uns zu folgen. Ihr nehmt uns dann nämlich die guten Jobs und das Geld weg.* Das verpackte Paul in Maurice' Augen in diese Einschränkung mit dem Krieg und der Angst vor den Soldaten. Nur weil es in der Stadt Bewaffnete gab, hieß das doch lange nicht, dass im Weiler alles besser war. Kein fließendes Wasser! Keine Abwechslung, diese verdammte Langeweile! Hin und wieder hatten sie auch nicht genug zu essen. Da musste man nicht lange überlegen, das Leben in der Stadt musste einfach besser sein. In Wahrheit hatte auch Pauls Familie in dem kleinen Häuschen aus Stein kein fließendes Wasser und Stromanschlüsse konnten sie sich auch nicht leisten.

Südlich von Sake liegt ein kleiner See. Der war einmal Teil des großen Kivu-Sees gewesen. Bis Lava aus dem nahegelegenen Vulkan alles verschüttete und den neuen, kleinen See entstehen ließ. Die Fischer mussten neue Wege zum Kivu finden. Paul arbeitete dort als Angestellter für den größten Händler in Sake. Der handelte mit allem, was man zum Leben brauchte. Und er machte nur legale Geschäfte. Das machte ihn für manch anderen Geschäftsmann sehr verdächtig. Krumme Dinger drehten hier viele. Nicht, weil sie im tiefsten Herzen kriminell gewesen wären, sondern weil das Überleben in dieser vom Krieg so sehr gebeutelten Region nur dann möglich schien, wenn man ab und an mal etwas tat, das nicht ganz legal war. Und die Polizei drückte sogar oftmals ein Auge zu. Die Regierung in Kinshasa war so weit fort. Da bot es sich an, mal den ein oder anderen kleinen illegalen Grenzverkehr zu versuchen - und sei es nur, um den eigenen Kindern mal eine Limonade außer der Reihe zu spendieren.

Pauls Chef aber ließ von alldem die Finger. Es war ein feiner, älterer Herr. Er lieferte ein paar Mal im Monat Bestellungen in die Dörfer aus und brachte die Post nach Sake um sie dort im Postamt abzugeben. Er lebte ganz gut von seinen Geschäften. „Es muss nichts Kriminelles sein", sagte er immer und immer wieder und mahnte Paul, es ihm gleichzutun. Er drohte ihm auch unverhohlen mit dem Rausschmiss für den Fall, dass er kriminelle Dinge täte. Und auch für den jungen Familienvater aus dem Weiler war es selbstverständlich und gehörte zu einem guten christlichen Leben dazu, dass man weder betrog, noch stahl oder sonst irgendwie beschiss. Richtig reich wurde Pauls Chef so natürlich nicht. Aber es reichte zum Leben und es reichte auch für Paul ab und an für die eine Limonade außer der Reihe.

In Sake herrschte nun aber wieder Krieg. Die Menschen sahen sie kommen: die Flüchtlinge aus den Dörfern. Irgendwo mussten die Soldaten einmarschiert sein, mit irgendeinem blutigen Ziel. Viele Menschen wussten gar nicht, was das Ziel der verschiedenen Truppen war. Oft hatten die Bewohner der abgelegenen Dörfer keine Ahnung, wer da eigentlich Krieg führte. Klare Grenzen zwischen Gut und Böse gab es in dieser Auseinandersetzung nicht. Und auch gab es keine genaue Abgrenzung zwischen den Feinden. Waren es vor Jahren im Nachbarland die Hutus gegen die Tutsi, waren es jetzt hier im Kongo die unterschiedlichsten Rebellengruppen, die sich gegenseitig und die staatliche Armee bekriegten. Auch in Ruanda war nicht jeder Hutu ein Feind der Tutsi und es gab ganze Familien, wo sich die vermeintliche Stammeszugehörigkeit prächtig mischte und die an sich schon widerwärtige Theorie des genetisch Guten gegen das genetisch Böse ad absurdum geführt wurde. Da gab es nur zwei Möglichkeiten: Entweder man widerstand dem Irrsinn des Kriegs oder verfiel dem Wahn und es bekriegten sich Familienmitglieder gegenseitig - wie in Ruanda teilweise geschehen.

In Sake kamen sie nun an, die Geschundenen, Vertriebenen, Getriebenen und Verlassenen, die Verletzen und Verstümmelten, die Taumelnden und Hoffnungslosen. Sie hatten ihre Dörfer verlassen, weil sie entweder selbst Opfer von Überfällen wurden oder weil sie gehört hatten, was alles passieren würde, wenn die Rebellengruppen erst die Dörfer erreichten. Da waren selbstredend auch viele Geschichten dabei, die nicht stimmten. Da wurden oft Dinge aufgebauscht. Aber Krieg blieb schrecklich ob es nun *nur* schrecklich, sehr schrecklich oder gar furchtbar schrecklich war, was die Menschen durchmachen mussten. Und die Regierungstruppen wollten immer ganz genau wissen, was man den Rebellen angeboten hatte. Ihr unterstützt die, also gilt es, euch zu strafen. Nach diesem irrwitzigen Motto verfuhren aber alle Seiten und so taten die einfachen Leute in den kleinen Weilern gut daran, sich herauszuhalten. Aber das ging eben nicht, wenn man von den Guerillas bedroht und erpresst wurde. Es ging nicht, die Rebellen einfach nicht zu verraten. Die staatliche Armee drohte, das Dorf mitsamt seiner Bewohner komplett auszulöschen, wenn man Rebellentruppen versteckte, schützte oder ihre Männer deckte. Aber diese *Männer*, das waren zum Teil ja ihre eigenen Leute aus dem Dorf, die jungen Burschen oder die Mädchen aus der eigenen Nachbarschaft, die manchmal freiwillig, meist gezwungenermaßen zur Truppe stießen. Die konnte man doch nicht verpfeifen! Die waren entweder verkauft worden, weil die Familie Hunger litt. Oder sie waren gegangen, um ihr Leben in eine neue Bahn zu lenken. Im Irrglauben, etwas zu verbessern. So wie eben Maurice. Manche Kinder hatten im Krieg ihre Eltern verloren. Nun erpressten die Rebellen die Dörfer. Gebt uns Soldaten oder wir lassen euch nie zufrieden. Da gab man ihnen die Kinder mit. Tränen trockneten schwer im lehmigen Boden, denn es kamen allzu rasch neue hinzu und vermischten sich im tropischen Regen mit dem Blut, das sie in dieser Gegend vergossen.

*

Sie kamen frühmorgens durch das Lager. Plärrten laute Anweisungen. Speed rüttelte an Maurices' Schulter. Der schlief noch tief und fest. Sie hatten erst spät am Vorabend Ruhe gefunden, weil draußen ein heftiger Sturm getobt hatte und es immer wieder danach aussah, als ob das Zelt aus den Angeln gehoben würde. „Wach auf, Kumpel!", flüsterte Speed. Die anderen Jungs im Zelt waren wach, saßen in die Decken gehüllt und machten sich rasch fertig. Zogen die zerfledderten Uniformen an, suchten ihre Schuhe. Nur Maurice, der Zweitjüngste im Zelt, schien nicht wachwerden zu wollen. „Steh auf, du Arsch!", rief nun ein anderer. Sie wussten, würde einer der Wachleute ins Zelt kommen und es waren nicht alle bereit zum Abmarsch, gab es Ärger und zwar für sie alle. Da endlich blinzelte Maurice. „Steh auf, sie rufen zum Appell!", fauchte Speed. Maurice schüttelte sich. „Was ist?", fragte er noch immer leicht schlaftrunken. „Sie wollen etwas von uns!", sagte Speed nun wieder ruhig und gelassen, aber klar und ziemlich streng. Maurice setzte sich auf. Er streifte schnell die Uniformjacke über, rollte die filzige, nach Moder riechende Decke zusammen und legte sie fort. Dann zupfte ein junger Soldat von innen die Zeltplane auf und die Mannschaft trat nach außen.

Dort hatten sich schon viele andere versammelt. Der neue Boss hatte sich auf einen umgedrehten Bierkasten gestellt. Neben ihm standen zwei Wachposten. Sie zu beschreiben ist notwendig, denn sie sahen derart komisch aus und gaben ein gar seltsames Beschützer-Duo ab. Der eine schob einen herrlich unförmigen Bauch vor sich her. Er war schon etwas älter. Ein Munitionsgürtel hielt schwerfällig zusammen, was sonst zu reißen drohte. Seine Augen quollen aus dem Gesicht. Er hatte die Augen weit aufgerissen und wirkte so, als würde er jeden Moment auf alles und jeden losballern wollen, wenn er nur gelassen würde. Das Gewehr hielt er fest im Anschlag. Er wollte angsteinflößend erscheinen, galt aber bei den durchtrainierten Soldaten im Lager als Witzfigur. Ein Günstling Gregoires, der gerne Leute beförderte, die ihm nicht gefährlich werden konnten. Hätte er nur halbwegs die geistige Tragweite gehabt zu erkennen, dass auch er aus diesem Grund dieses Lager leitete, er hätte vielleicht weniger arrogant und überheblich jedem gezeigt, wer das Sagen hatte. Widerspruch war ein Wort, das aus dem Lagerleben komplett gestrichen wurde. War der Alte wenigstens bei den ihn umgebenden Soldaten, die Erfahrung und Einfluss hatten, bereit gewesen, ihre Einwände zu bedenken und ihre Ratschläge ernst zu nehmen, so war Gregoire blind für jeden Rat. Er war der Boss, er gab den Befehl und wenn es das Verderben für alle bedeutete, so war es doch *sein* Befehl, dem alle Folge zu leisten hatten. Basta!

Auf der anderen Seite neben Gregoire, also links des Bierkastens, stand der zweite Wachmann. Ebenso eine Lachfigur für viele hier im Camp. Er war dümmlich und ohne jeden Verstand. Zudem hatte er nichts, was Angst einflößte. Er war groß und schlaksig. Die Hose schlappte an seinen dürren Beinchen. Die Füße steckten in Stiefeln, die so schwer waren, dass er sie kaum heben konnte. Der ganze Kerl wirkte kraftlos. Aber er trug eine Maschinenpistole in den Armen, die dünn waren wie Stöckchen und damit war er dennoch gefährlich. Zudem war auch er ein Günstling Gregoires und das machte ihn ohnehin suspekt. Die beiden Wachleute hätten unterschiedlicher nicht sein können.

Das gefährliche Trio ohne Hirn, aber mit Munition, das sich nun anschickte als Erfüllungsgehilfen der Oberbosse zu agieren, stand thronend vor dem Container und Gregoire hob bedeutend die Hand. Er genoss jede Sekunde seines Ruhms, der nicht etwa auf Anerkennung fußte, sondern lediglich auf Anbiederung nach oben und Gewalt nach unten. Etwas Wichtiges würde nun folgen. Dann räusperte er sich, seine Ansprache an die Truppe konnte also beginnen. Aber Gregoire sprach nicht mit den Soldaten, er schrie sie an. Laut und kräftig, dabei wirkte er immer etwas heiser und das fiese Grinsen hatte er sich auch als Chief bewahrt. Alles klang bedrohlich, aggressiv und wenig nüchtern. Er musste auch am Vorabend seine Macht und seine *Genialität* ausgiebig gefeiert haben.

„Wir stehen vor einer wichtigen Mission. Ihr habt bemerkt, dass ab und an Kampfjets über die Gegend fliegen. Sie werden uns nichts mehr anhaben. Unsere Zeit ist jetzt gekommen. Die Truppen aus Kinshasa werden sich fürchten vor uns! Sie werden Angst haben! Und wie geschlagene Hunde Goma werden sie verlassen! Schon bald, Freunde, schon bald! Und wir brauchen dazu aber jeden Mann!"

Er fuhr fort, nun mit salbungsvollen Worten, die den Kampfgeist beschworen, das hohe und hehre Ziel der Rebellentruppe, die historische Bedeutung einer Übernahme Gomas und so weiter und so fort. Manche - gerade die Jüngeren - verstanden nur wenig von dem, was Gregoire sagte. Aber seine letzten Worte, die waren allen wieder verständlich: „Und wehe demjenigen, der sich uns in den Weg stellt! Innerhalb und außerhalb der Truppe! Blut wird fließen!"

Dann verteilten die Zwischenbosse erste Aufgaben. Maurice und Speed und zwei andere wurden zusammen mit einem der Zwischenbosse zu einem alten, schäbigen Wagen begleitet. Sie gaben Maurice ein Gewehr. Umgehen konnte er damit noch nicht wirklich. Zweimal durfte er in den Monaten seit seiner Ankunft im Camp schießen üben. Auf eine Blechwand im Wald. Sie hatten ihn geschimpft, weil er „schlechter schoss als jede Frau". Es hatte sogar Schläge gesetzt. Nun aber hatte er die Knarre fest in der Hand. Sie verlieh ihm Macht. Aber er wusste, dass es eine unehrliche Macht war und zum wiederholten Mal spürte der junge Bursche aus dem kleinen Weiler, wie falsch das hier alles für ihn war. Auch Speed bekam ein Gewehr umgehängt. Es war fast so groß wie der ganze Junge. „Hoffentlich brauchen wir sie nicht", flüsterte er Maurice zu. Der starrte einfach nur in die Ferne. Am Wagen hingen Fetzen der beigefarbenen Tarnung herab. Alles am Auto klapperte und der Gang ließ sich nur mit brachialer Gewalt einlegen. Der Zwischenboss - so nannten sie im Camp diejenigen, die nicht zu den untersten Befehlsempfängern zählten, aber auch nicht wirklich etwas zu sagen hatten - trat mühevoll aufs Gas. Gregoire war anfangs auch nur so ein Zwischenboss gewesen. Aber er hatte sich rasch durch seine Kontakte zu den Chiefs im Hauptquartier einen anderen Stand erarbeitet. Bis heute weiß keiner, wie ihm das gelungen war.

Im ganzen Lager machte sich eine angespannte Stimmung breit. Aufbruch zu etwas Unbekanntem. Aber es mischte sich auch mächtig viel Angst unter diese Anspannung. In den letzten Tagen war mehr Alkohol geflossen als sonst. Jedenfalls bei denen, die zum inneren Zirkel gehörten. Gregoire war immer wieder aufgeregt mit seinem Funkgerät durch das Camp gestapft und hatte etwas hinein geplärrt. Bei jedem Rattern hatten sie Angst, es könnte das Militär sein. Bei jedem Überflug eines Kampfjets fürchteten sie die Bomben. Auch Gregoire! Aber sie zeigten es nicht.

Der Wagen holperte los. Es war für Maurice das erste Mal, dass er sich weiter aus dem Lager entfernte als nur bis zur Straße. Er kannte die Gegend, in die sie fuhren. Er kannte sie nur zu gut. Es ging in Richtung seines kleinen Dorfs. „Das ist der Weg nach Hause", sagte er leise zu Speed als sie plötzlich von der Hauptstraße abbogen um einen der Hügel hinabzufahren. Es würde noch eine Weile dauern und dann war der Weiler erreicht. Was wurde hier gespielt? Maurice spürte sein Herz heftig pochen. Er war der Einzige im Lager aus dem kleinen Dorf und er wusste, dass diese Mission hier etwas mit ihm zu tun hatte. Sie hatten ihn bei seiner Ankunft damals ganz genau nach seiner Herkunft befragt, wollten wissen, warum er aus dem Weiler ausgerissen war. Sie mussten wissen, ob er nicht doch ein Spion war und sie hegten Zweifel. Gregoire hatte von Anfang an das Gefühl gehabt, dieser Maurice sei irgendwie seltsam.

Der Zwischenboss parkte den Wagen am Rand der staubigen und lehmigen Piste. Er sprang aus dem Auto heraus und kam an die Seite. Dort wandte er sich an die mitfahrenden Soldaten in ihren peinlich zerfetzten Uniformen. „Wir brauchen jeden Mann!", sagte er dann streng. „Jeder muss bereit sein, uns zu unterstützen auf dem Weg zum Sieg gegen die Regierungstruppe!" Die jungen Soldaten nickten, weil sie das Gefühl hatten, es sollte an dieser Stelle so sein. „Maurice", sagte der Zwischenboss dann fast väterlich. Der nickte ebenso. „Es ist dein Dorf dort! Du wirst diese Mission leiten! Du wirst kein falsches Spiel spielen! Sonst werden diesen Tag heute zahlreiche Menschen nicht überleben!" Maurice stockte der Atem. Er wusste immer noch nicht, worum es ging, aber er spürte, dass diese Mission nichts Gutes zu bedeuten hatte. Und die Drohung gegen das Leben bezog er sogleich auch auf sich.

„Wir gehen in dein Dorf und wir werden uns dort Unterstützung holen! Ob wir sie leicht bekommen oder nicht, hängt auch ganz davon ab, wie gut du dein Dorf im Griff hast, Maurice! Hast du das verstanden?" Der hatte nun begriffen. Es sollte im Dorf seiner Eltern ein Überfall stattfinden und er musste dabei sein. „Du wirst diese Mission leiten, Maurice", erklärte der Zwischenboss erneut, schob dabei seine Brille etwas die Nase nach oben und wischte sich Schweiß aus dem Schnurrbart über der Lippe. „Wie viele Plätze sind in diesem Wagen heute frei geblieben?" Er richtete die Frage an alle, klopfte dann aber Speed auf die Schulter. Wie ein artiger Schuljunge gab dieser Antwort. „Zwei, Sir!" Der Schnurrbart nickte. „Richtig, Speed, richtig. Wie viele Typen werden uns also heute aus dem Dorf begleiten?", fügte er an. „Zwei, Sir, zwei!", wiederholte Speed und sah auf den Boden vor dem Wagen. Dort sah er, wie zwei Stiefel sich nervös in den schlammigen Lehm bohrten. Dann stieg nach Maurice auch der Zwischenboss wieder ein und der Kastenwagen holperte weiter.

Bald schon begegneten sie einem Bauern. Maurice kannte ihn natürlich. Es war ein Freund seines Vaters, ein freundlicher Nachbar. Er winkte den Soldaten zu, nichts ahnend womöglich. In der Hand trug er eine Harke und daran gebunden ein Bündel. Den Gruß erwiderten die meisten der Soldaten ebenso freundlich. Nur Maurice blieb stumm und duckte sich nach unten. Er würde gleich zu Hause sein. Als Fremder zurückkehren und seine eigene Familie sehen, seine Freunde und Nachbarn. Aber er würde einen klaren Auftrag zu erledigen haben. Es galt, zwei junge Burschen zu werben für den schrecklichen Dienst an der Waffe. Und zudem brauchten sie Lebensmittel und Baumaterial, Schutzgeld und und und. Würden die Leute aus seinem Dorf nicht freiwillig zahlen, würden die Soldatenkameraden gezwungen werden, auf Freunde oder Nachbarn zu schießen. Das war Maurice klar. Und aus Angst, zu sterben würden die Rebellensoldaten morden. Sie hatten keine andere Wahl. Entweder Maurice war brutal zu seinen Freunden im Dorf oder man wäre brutal zu ihm und dann würde es noch mehr Tote geben. Er war gefangen in einer tödlichen Spirale des Irrsinns. Das alles war ein Test, ob der vermeintliche Spion auf Linie war oder nicht. Das war auch Maurice nun bewusst. Er schluckte und spuckte aus dem Wagen hinaus auf den Boden. Es fühlte sich alles schrecklich falsch an.

Kurz darauf erreichte der Wagen den kleinen Dorfplatz. Es sah alles aus wie immer. Maurice war zwar schon einige Zeit fort gewesen, aber hier stand die Zeit still - und was hätte sich denn auch in den paar Monaten großartig verändern sollen? Sein Leben aber hatte sich grundlegend verändert. Jedoch war es anders gekommen, als er es sich erträumt hatte. Kurz blitzten diese Gedanken wieder auf, als der beige Militärlaster ruckartig zum Stehen kam und die Männer wie bei einem Überfall alle gleichzeitig aus dem Inneren heraussprangen. Er hatte von Freiheit in der großen Stadt geträumt. Von eisgekühlter Coca Cola und hübschen Frauen an einem Pool. Bekommen hatte er eisige und feuchte Nächte in einem Zelt und täglich einen knurrenden Bauch, umsurrt von Millionen Moskitos.

Die Frauen liefen im Dorf zusammen. Sie starrten auf die Soldaten in den zerfetzten Uniformen, sahen erschrocken in ihre bedrohlichen Gewehrläufe. Der letzte Überfall auf das Dorf lag ziemlich lange zurück. „Maurice!", rief eine Frau. Es war eine alte Nachbarin. Sie lebten in der Hütte schräg hinter der von Maurice' Familie. „Das ist Maurice!", schrie sie. „Du Schwein!", ergänzte sie jetzt erbost und verschwand mit ihrem kleinen Sohn auf dem Rücken irgendwo im Dickicht hinterhalb des Dorfs. Die Hütten standen zum Teil sehr nahe am Rand zu den Feldern. Und dort war auch gleich der dichte Wald. Vom Dorfplatz dorthin waren es nur ein paar schnelle Schritte. Um diese Uhrzeit waren im Dorf kaum Männer anzutreffen. Sie waren unterwegs. Entweder sie hüteten die Rinder im unwegsamen Gelände oder sie kümmerten sich um die stoppeligen Felder. Und nach den starken Regenfällen der vergangenen Monate gab es dort viel zu tun.

Nur die Alten waren im Dorf. Sie blickten zum Teil stoisch ruhig auf das, was nun ablief und rührten sich kaum. Der Zwischenboss rief zu den anderen Soldaten: „Maurice hat das Kommando, ich entscheide am Ende!" Dann warf er Maurice einen ernsten Blick zu. Der hörte immer noch den beleidigenden Ruf der Nachbarin und sah immer noch wie sie schleunigst im Dickicht verschwand. Man hatte scheinbar Angst vor ihm. Die Leute hier wussten, dass aus dem getarnten Militärlaster keine Hilfsgüter entladen werden würden. Maurice streckte sein Gewehr in die Luft. Dann schoss er. Einmal, zweimal. Nicht öfter. Aber es reichte. Die Frauen, Kinder und Jugendlichen stoben aufgebracht auseinander. Manche kreischten. Andere wimmerten, kleine Kinder weinten. „Alle kommen auf den Dorfplatz!", schrie Maurice. „Alle und ausnahmslos wirklich alle!", wiederholte er. Dann wedelte er mit dem Gewehr herum. Wie im Rausch schien das nun alles abzulaufen. Es war seine erste Mission. Sein erster Überfall auf ein Dorf. Aber doch machte es den Anschein als hätte er bereits Erfahrungen damit gesammelt. „Los, los, macht schon!", riefen nun die anderen Soldaten. Sie stolperten in ihren viel zu großen Stiefeln herum, scheuchten die Frauen und Kinder durch's Dorf. Niemand aber konnte in Maurice' Inneres blicken. Dort tobte ein brutaler Krieg der Verzweiflung. Er wollte das nicht, er konnte das nicht, aber er hatte einfach keine andere Wahl mehr in diesem Augenblick.

In der Zwischenzeit kamen die Männer zurück. Da war auch die Nachbarin mit dem Kleinen auf dem Rücken wieder. Sie war nicht getürmt. Sie hatte die Männer von den Feldern geholt. Die trugen ihre Gerätschaften nun in die Höhe vor der Brust in die Luft gereckt. Wie Waffen wurden da die Schaufeln, Sicheln und Äxte getragen, drei Macheten wirbelten durch die Luft. Die jungen Soldaten erkannten sofort, das würde kein Spaziergang hier. Und Speed, der neben Maurice in der Mitte der Soldaten stand, flüsterte ihm zu: „Wir haben die Waffen, sie sind mehr. Wir müssen vorsichtig sein." Maurice nickte.

„Was willst du Maurice?", fragte einer der Alten, der sich nicht von seinem Stuhl vor dem kleinen Laden erhoben hatte. „Du hast das Dorf verlassen, deine Eltern und Geschwister ins Unglück gestoßen. Deine Mutter hat viele Nächte lang Tränen vergossen und weint still immer noch Tag für Tag. Nun kommst du ins Dorf zurück und ballerst durch die Gegend. Wir haben keine Achtung mehr vor dir. Deine Ehre ist dahin. Wenn du gekommen bist um uns auszurauben, so wisse: Hier ist nichts mehr zu holen außer du willst die Leben Unschuldiger. Nimm sie dir! Das Blut, das fließt, wird euch nicht sättigen, wonach euch ist und wenn wir alle darniederliegen und der letzte Zeuge eures Blutrauschs selbst seinen letzten Atemzug getan hat, so wird doch der Herr über euch urteilen." Dann blickte der Alte in den Himmel. Zeigte auf die dunkle Wolkenwand, die in Bälde Regen bringen würde und schwieg.

„Wir sind unterwegs zu einer historisch wichtigen Mission", stammelte Maurice, als galt es den peinlichen Gregoire zu kopieren oder gar zu übertreffen. Maurice aber glaubte sich selbst kein Wort, schämte sich schon während er sprach für diese Aussage.

„Eure Missionen sind tödlich, aber für die Menschheit von keinerlei Bedeutung", ergänzte der Alte nun fast schon entnervt. Da wurde es dem Zwischenboss zu viel. Der Schnurrbart schoss auf den Alten. Die Kugel krachte in den Bierkasten, der vor dem Mann stand. Glasscherben stoben durch die Luft. Der Greis hob vorsichtig die Hände vor's Gesicht. Langsam und ohne zu zucken. Er wurde von einigen Glasscherben getroffen und blutete aus den Beinen. Aber er war nicht schlimm verletzt. „Es reicht jetzt, Alter", schrie der Schnurrbart. „Wir diskutieren hier nicht, wir handeln."

In diesem Moment begann es zu regnen. Dunkle Regenwolken entluden sich im Dorf. Wäre da nicht gerade dieser unwirkliche Überfall im Gange, so wären die Menschen nun schutzsuchend in ihre Häuser gegangen oder hätten sich zusammen unter die kleinen Vordächer der Ställe gestellt. So aber blieben sie starr vor Schreck, wo sie waren. Das Blut aus den Beinen des Alten mischte sich mit dem Wasser aus dem Himmel zu einer roten Träne, die sich mahnend einen Weg bahnte über den staubigen Boden als wollte es wie aus einer Ader entspringend sich einen neuen Weg suchen.

„Wir sind nicht hier um euch zu töten", sagte nun Maurice mit klarer, fester Stimme. „Wir sind hier, weil unsere Truppe für diese Mission eure Unterstützung braucht." Da ergriff erneut der Alte das Wort, als wäre nichts geschehen. „Wie ich gesagt habe, bei uns im Dorf wirst du nichts finden, Maurice." Der schüttelte den Kopf. Er durfte sich damit natürlich nicht zufrieden geben. Es gab ein paar Rinder. Es gab Hühner. Da musste es etwas geben. „Wir brauchen ein paar Hühner. Wir wollen etwas Getreide und wir brauchen Unterstützung. Gebt uns etwas Geld." Nun lachte der Greis plötzlich auf. „Geld?", wiederholte er als Frage. „Woher sollen wir Geld nehmen?", fügte er an. „Vielleicht sollen es noch druckfrische Dollar-Noten sein oder französische Franc für die Herren in Uniform?" Maurice wurde ungeduldig. Er hatte das Gefühl, der Alte nahm ihn nicht ernst. Außerdem hatte er Angst vor der Reaktion des Zwischenbosses, wenn Maurice hier keine Erfolge erzielte. Auch der Schnurrbart zeigte sich mächtig verärgert. War es nicht genug gewesen, dass er den Alten schon verletzt hatte mit dem Schuss in den Bierkasten. „Alter, muss ich dir eine Kugel in den Kopf jagen, um dich zum Schweigen zu bringen?", fragte er mit gepresster Stimme. Maurice schluckte. Es sollte niemand aus dem Dorf sterben müssen. Fast flehentlich bat er noch einmal um Hilfe und die Frauen sahen nun, dass all dies für Maurice keine einfache Situation war. Aber niemand hatte ihn gezwungen, zu gehen. Das stand auf der anderen Seite der Gleichung.

Plötzlich erblickte er vor der Türe seiner eigenen Hütte seine Familie. Die Mutter und die geliebte kleine Schwester. Der Vater fehlte. Aber es durchfuhr ihn dennoch ein heißer Schauder. Er führte einen Überfall auf sein eigenes Dorf durch und musste in die leeren und verängstigten Augen seiner geliebten Schwester blicken. Das zerriss ihm das Herz.

„Bitte zwingt uns nicht…“, sagte er mit erstickter Stimme, den Tränen nach, flehentlich. Jetzt bekam er einen Stoß in die Rippen versetzt. Der Schnurrbart hatte genug. Es war eine schwachsinnige Idee von Gregoire gewesen, Maurice mit dem Überfall auf sein eigenes Dorf zu beauftragen. Der Kerl war dieser Mission nicht gewachsen und es war immer eine Scheiß-Angelegenheit, wenn man seine eigenen Leute so vor den Kopf stoßen musste. Er selbst hätte das zu Hause auch nicht machen wollen. Aber, wenn er nicht bald handelte, würde Maurice noch heulend wegrennen und sie würden ohne irgendwas ins Camp zurückkehren. Dann gab es Ärger und den würden alle haben, nicht nur Maurice, der für die Mission hier angeblich verantwortlich war, aber völlig unfähig schien.

„So, Schluss jetzt!“, schrie der Schnurrbart. „Alle Männer bleiben hier sitzen. Die Macheten und Äxte landen auf einem Haufen in der Mitte des Platzes und die Frauen gehen in die Häuser und holen Hühner, Getreide und Geld. Schnell, schnell!“ Der alte Mann stand auf, humpelte in Richtung des Schnurrbarts. Er war unbewaffnet und seine blutigen Zehen bohrten sich in den Schlamm. Der Regen wusch das Blut von seinen Beinen. Langsam bewegte er sich auf den Zwischenboss zu. „Ihr tut mir leid“, sagte er dann leise. „Ihr habt euer Leben in die Hände von Menschen gegeben, die euch für irgendwelche Dinge missbrauchen, die sie selbst wahrscheinlich gar nicht verstehen." Er sah zu Boden. Dann wandte er sich an Maurice: „Dass du fort wolltest, das habe ich verstanden, dass du das Dorf nun verrätst, finde ich schlimm. Aber, Maurice, ich vergebe dir, denn ich weiß, dass du es nur tust, weil sie dich heute dazu zwingen. Das sehe ich in deinen Augen." Dann trat er noch näher an den Zwischenboss heran. Sie standen sich vielleicht noch zwei Meter gegenüber. Er blickte dem Schnurrbart direkt in die trüben, leeren Augen. „Wir haben nichts. Wir können euch nichts geben. Und wenn ihr unsere Macheten braucht, um damit andere abzuschlachten, dann nehmt sie und wisset, dass wir die Ernte dann nicht mehr einfahren können."

Der Zwischenboss schoss. Er dachte nicht nach. Er schoss einfach. Er hielt es nicht mehr aus. Konnte dieser verdammte Greis nicht einfach seine Fresse halten? Er hatte ja mit jedem Wort so Recht und doch durften sie sich das nicht gefallen lassen. Leerer Blick, ein fallender Körper versank im Knall des Schmerzensschreis, der sich aus all den Kehlen rund herum gleichzeitig löste. Selbst Maurice wurde kurz schwarz vor Augen, er zuckte zusammen. Der Regen trommelte rücksichtslos weiter. Der Rücken des Toten wurde nass. Sein letztes Hemd, es war blutrot und der Regen färbte es schneller und schneller…

Maurice trat zurück. Das hatte er nicht gewollt. Rasch und unüberlegt waren Sprüche geklopft worden.

Blut wird fließen! Oder: *Wir werden uns unser Recht mit Waffengewalt holen!* Nur welches Recht und was bedeuteten all diese Sprüche wirklich, jetzt in dieser beschissenen Realität? Er schauderte. Die Menge stob auseinander. Der letzte Rest heimlicher Solidarität für Maurice war in diesem Augenblick verflogen. Er war zusammen mit seinen Soldaten gekommen um den Tod ins Dorf zu tragen. Es war also nicht gut, wenn einer von ihnen zu den Rebellen ging, denn sie kamen mordend und plündernd zurück. „Du bist lange schon nicht mehr mein Sohn", fauchte es aus einer Ecke. Maurice' Vater wandte sich angewidert ab. Er wischte sich vorsichtig und fast unbemerkt eine Träne aus den Augen. Am liebsten hätte auch Maurice lauthals los geheult. *Maman, Papa, ich habe euch doch so lieb… Glaubt ihr, ich mache das hier freiwillig? Denkt ihr, der Zwischenboss hat geschossen, weil er gerne tötet?* Aber sie alle hatten keine Ahnung, was im anderen vor sich ging und so blieb es oberflächlich dabei, dass eine Gruppe brutaler Rebellen ins Dorf gekommen war, um dort zu stehlen. Weil sie nicht sofort ans Ziel gekommen waren, musste ein alter Mann sterben. Einer der weisesten Männer im ganzen Ort, ein kluger Kerl, der den Finger so offen in die Wunde gelegt hatte, dass einer der Rebellen es nicht ertragen hatte. Nur der Auslöser konnte verhindern, dass der Alte zum Held der Wahrheit wurde. Man hatte ihm die Wahrheit aus dem Leib geballert.

„Wir gehen jetzt alle in unsere Häuser und sehen zu, was wir finden", rief ein Mann verschreckt. Es war einer der Dorfchefs. „Und du Maurice, du siehst zu, dass der Irre da nicht noch mehr Schaden anrichten kann!", klang er ziemlich streng, was durchaus nicht ungefährlich war. Der Zwischenboss hatte noch nie einen Menschen verletzt, geschweige denn jemanden ermordet. So ließ er sich nun die Beleidigung gefallen, da er über sein eigenes Verhalten ziemlich schockiert war und mit Entsetzen auf das Resultat seiner Reaktion starrte. Er hielt die Waffe noch immer im Anschlag, aber wirkte nun müde, schwach und abwesend dabei. Maurice nickte dem Dorfchef zu.

Nach einer knappen halben Stunde war zusammengetragen, was zu entbehren war. Ein halber Sack Mais, etwas Maniok, ein paar Geldscheine, zwei lebende Hühner. Aber die Truppe hatte den Auftrag bekommen, auch Soldaten zu rekrutieren. „Wir brauchen noch einen oder zwei Kerle", sagte einer der Soldaten zu Maurice. Und auch Speed flüsterte ängstlich zu Maurice: „Wenn wir ohne neue Kameraden ins Camp kommen, setzt es für alle Schläge. Gregoire ist es scheißegal, ob für das bisschen Nahrung und Geld einer sterben musste. Er will auch frische Leute in seiner Truppe! Und du bist der Erste, der dran glauben müsste." Da bekam es Maurice mit der Angst zu tun. Er fürchtete nun wirklich um sein Leben. Im Dreck vor ihm lag der alte Mann, der so weise geredet hatte. Er hatte sterben müssen, weil der Zwischenboss die Wahrheit nicht mehr ausgehalten hatte. Für so wenig Grund, soviel Endlichkeit. Was würde Gregoire machen, wenn seine Gier nicht befriedigt würde? Nicht zögern. Ein Menschenleben, noch dazu das von Maurice, war nicht viel wert. Um den anderen zu zeigen, was Macht bedeutete, konnte es gut sein, die Waffe zu benutzen. Ein kurzer Schuss, ein Schrei und eine Mahnung für alle Ewigkeit.

Alle wussten, was Sache war. Man brauchte junge Soldaten, denn im Krieg würden wieder welche krepieren, so war das doch. Man musste viele Männer in die Schlacht schicken, weil man doch schon vorher wusste, dass einige nicht mehr heimkommen würden. Und sie wussten auch, dass es Gregoire zudem gefallen würde, wenn die ein oder andere junge Frau unter den Neuen wäre. Denn die konnte man nachts in ihren Zelten aufsuchen. Sie waren ohne Rechte. Das gefiel dem Selbstherrlichen besonders. Sie waren Soldatinnen und Gespielinnen für die Nacht, ob sie wollten oder nicht.

„Wir brauchen noch neue Soldaten!", sagte Maurice lächerlich streng klingend. „Nein", sagte der Dorfchef nun sehr bestimmend. „Wir geben euch keines unserer Kinder mit!" Der Zwischenboss richtete die Waffe auf ihn. „Dann kommst du mit. Es müssen keine Kinder sein!", brüllte er. „Das geht nicht", sagte Maurice, „das ist einer der Chiefs und außerdem ist er doch schon zu alt." Es war Speed, der eine folgenschwere Entscheidung traf. Er deutete auf einen schmalen Jungen, der abseits stand, sich immer wieder hinter dem Rockzipfel seiner Mutter versteckte und am liebsten sofort verschwunden wäre. Erschrocken sahen sie auf den kleinen Mann in

Uniform. Wie konnte dieser Knirps entscheiden, dass ein anderer kleiner Knirps aus dem Dorf ins Lager mitkommen sollte?

Für Speed war es aber eine einfache Entscheidung. Der Kleinste und Jüngste in der Truppe war nur äußerlich oft der Starke. Er hatte keine Eltern mehr, keine Geschwister. Er wünschte sich so sehr, dass im Camp einer war, der jünger und schwächer war als er. Speed wusste tief im Innern, dass der coole Maurice in Wahrheit viel verletzlicher war als er selbst. Aber er war älter und dieser Junge dort, der sah so aus, als könnten sie Freunde werden. Ihre Ängste teilen. Vielleicht einmal miteinander lachen.

Maurice starrte Speed an. Was sollte das? Wieso gerade dieser Junge? Wieso der kleine Laurent? Der war doch so unbeholfen und irgendwie war Laurent ja doch einmal sein Freund gewesen, früher. Damals, als Maurice noch der Aufschneider war. Der Anführer unter den Jungs im Dorf. Es wirkte auf Maurice in diesem Moment als sei das alles schon ewige Zeiten her. Aber es lagen nur ein paar Monate zwischen dem jetzigen Leben und dem von früher: diesem gemächlichen Trott im Dorf, dem Maurice entkommen wollte. Aber dieser Trott hatte auch soviel Sicherheit geboten. Das aber hatte Maurice erst bemerkt, als es zu spät war. Es war ein tiefes Gefühl, das ihn befiel. Da waren seine Eltern, die ihn verstoßen hatten. Aber konnte denn die Truppe ein Ersatz für die Familie sein? *Niemals*, schrie es in ihm verärgert auf. „Lass den

Kleinen in Frieden", fauchte er nun in Speeds Richtung. „Der kommt mit, verstanden?", sagte nun der Zwischenboss entnervt auf Laurent deutend. Und er wirkte sehr verärgert. Maurice hatte in seinen Augen die Führung der Mission miserabel ausgeführt. Der Kerl war emotional einfach zu wenig gefestigt. Der Kleine, Speed, war zwar manchmal schwach, aber im richtigen Moment erkannte er die Zeichen der Zeit - so dachte jedenfalls der Zwischenboss, weil er vom wahren Motiv Speeds keine Ahnung hatte. Dass auch er selbst emotional wenig gefestigt war, würde er sich niemals eingestehen. Der nutzlose Mord an dem Dorfältesten aber war trauriger Beweis.

Der kleine Bursche hier im Dorf, der war bestimmt zu gebrauchen. Klein, widerstandslos und dünn. Den konnte man zum Minenentschärfen einsetzen oder in verlassene Häuser schicken. Der fiel auf allen Vieren kaum auf. Und außerdem, wenn Speed das so entschieden hatte, konnte man jetzt keinen Rückzieher mehr machen. Wie sah das vor den Dorfbewohnern denn aus? Es galt das Gesicht zu wahren und zu beweisen, dass die Rebellentruppen nicht mit den Dörflern verhandelten. „Aufsteigen", befahl der Zwischenboss nun und die anderen Soldaten stapften zurück zum Wagen, nicht ohne zuvor hastig die Beute aufgeladen zu haben.

Laurent versteckte sich hinter seiner Mutter. Er hatte begriffen, dass es hier um ihn ging. „Komm, Kleiner", sagte der Zwischenboss fast sanft. „Und du", fauchte er die Mutter an, „wagst es nicht, dich zu wehren! Wir erschießen erst ihn und dann dich, dann den nächsten und so weiter und sofort." Er deutete emotionslos auf den Körper am Boden. „Reicht, oder?", fügte er kaltherzig an. Niemand wagte einen Blick in sein Inneres. Er hätte kotzen wollen. Er hasste sich in diesem Moment selbst. Für wen machten sie all diesen Dreck? Und für was eigentlich? Er wollte satt werden. Endlich einmal wieder richtig satt werden. Und raus wollte er aus diesem Elend. Wie Maurice hatte auch der Zwischenboss vom Abenteuer geträumt. Von der Freiheit in einer Stadt. Aber musste man dazu Menschen töten, kleine Kinder aus der Dorfgemeinschaft reißen und all diesen Irrsinn tun? Er zweifelte, wusste aber auch, dass er in diesem Moment keine andere Wahl gehabt hatte.

Laurents Mutter umarmte den Sohn fest und lange. „Gott, der Herr, er wird dein Leben beschützen", sagte sie leise, sehr leise. Und kaum verständlich fügte sie an: „Und er wird Maurice auf den Pfad der Tugend zurückführen. Erbarme dich ihrer, Herr!", flehte sie fast lautlos in den Himmel. Es zerriss ihre Seele als sie ihren kleinen Laurent, das geliebte Kind, aus dem Arm zerrte, ihn drängte zu gehen. Dann sank sie nieder auf die Knie und verbarg ihr Gesicht unter ihren Händen. Sie wusste, die Wahrscheinlichkeit, Laurent lebend wiederzusehen, war gering. Sie wollte aber nicht, dass noch mehr Menschen sterben mussten. Der Tote im matschigen Boden, das war ihr Großonkel. Sie konnte nicht noch einen Toten ertragen und sie hätte es niemals überstanden, wenn sie Laurent vor ihren Augen getötet hätten. Und da war sie sich sicher: Der Zwischenboss hätte wieder geschossen. Sofort. Ohne Skrupel. Ohne Zögern.

Für Maurice lief das Folgende ab wie in Zeitlupe. Laurent wurde von zwei Soldaten auf den Wagen gesetzt. Der Junge hatte etwas schrecklich Trauriges im Blick. Aber der Kleine erfasste noch nicht so recht, worum es wirklich ging. Klar, fort von der Mutter, der geliebten Mutter, das tat weh. Aber dass er nun ein Soldat werden musste, mit seinen neun Jahren, konnte er noch nicht begreifen. Vor allem nicht, was das bedeutete. Maurice ging kurz vom Wagen weg in Richtung der Leute auf dem Dorfplatz. Er wusste nicht, was er tat. Es lief alles automatisch ab. Es war nicht geplant. Missbilligend sah der Zwischenboss, wie Maurice Laurents Mutter an der Schulter packte und irgendetwas zu ihr sagte. Nicht verständlich, sehr leise und gehaucht. Aber sie blickte kurz auf, sah ihn leer und traurig an. Sagte nichts. Weinte still.

Maurice selbst bekam dann einen Schlag in die Magengrube versetzt als der Zwischenboss an ihm vorbeikam. „Setz dich jetzt in den Wagen, du Idiot!", fauchte er, während Maurice nach Luft schnappte. Speed setzte sich neben den Neuen und redete auf ihn ein.

„Du hättest beinahe alles versaut", grunzte der Zwischenboss. Sein Schnurrbart bebte. „Wir haben hier keine Zeit für Gefühlsduselei Maurice. Dass diese Typen deine Leute sind, ist schon in Ordnung. Aber es sollte dein Vorteil sein, sie zum Schweigen zu bringen. Und nun? Ich habe einen von deinen Leuten erschießen müssen, sonst hätten wir nichts bekommen." Er war ungehalten und ihm war schlecht vor Hass auf sich selbst, den er aber auf keinen Fall zeigen konnte. „So wirst du niemals was werden in der Truppe! Da muss man klar, schnell und ohne Emotionen Entscheidungen treffen." Für das Wort *Emotionen* wechselte er ins Französische und sprach sehr langsam und betont. Maurice nickte. „Ja, Chief!", gab er kleinlaut zurück. Mehr war nicht drin. Ihm stockte der Atem als er sah wie grimmig all die anderen Soldaten dreinblickten. Er saß eine Reihe vor Laurent und Speed. Bald nachdem der Militärwagen losgerumpelt war, steckten sie auch schon im Schlamm fest und mussten aussteigen um zu schieben. Der Regen hatte die Straße fast unpassierbar gemacht. Speed zog Maurice zu sich heran. „Du hast es fast versaut. Gregoire wird dich grün und blau prügeln, wenn der Zwischenboss dich verpfeift. Ist dir das klar?" Maurice bekam Angst, auch wenn er nicht genau wusste, was er alles falsch gemacht hatte. Er ahnte, dass die Rückkehr für ihn sehr unangenehm und schmerzhaft werden würde. Laurent saß während der ganzen Zeit still im Wagen. Er musste nicht aussteigen während sie am Auto zerrten. Sie ließen ihn in seiner süßlich-bitteren Trauer allein und verlassen zurück.

Der Schmerz war unerträglich. Es brannte auf der Haut. Die Wunde wollte nicht wirklich heilen und nässte. Aber das war auch kein Wunder, denn Maurice hatte nichts, womit er sich hätte helfen konnte.

Nach der Rückkehr ins Camp hatte es nicht lange gedauert, bis Gregoire Maurice bei sich antanzen ließ. „Viel Glück, Kumpel", hatte Speed leise gesagt. Er war damit beschäftigt, dem Neuen alles zu zeigen. Auch Laurent hatte von Juju eine schäbige Uniform bekommen und auch Laurent steckte jetzt in viel zu großen, ausgeleierten Stiefeln. Er schlurfte still und schweigend hinter Speed her. Sagte nichts, verzog keine Miene, hielt sich von allem fern. Der Kleine hatte Angst vor allem hier.

Speed hatte extra einen großen Bogen um den Container gemacht. Er ahnte, dass darin etwas passierte, was Laurent nicht gleich am Anfang mitbekommen sollte. Gregoire hatte sich an seinen klapprigen Tisch gesetzt. Es war das erste Mal, dass Maurice in den heiligen Container durfte - ins Herzstück des Lagers. Und was er sah, empfand er nun ganz und gar nicht als etwas Besonderes. Abgesehen von einem Funkgerät und einem alten, riesigen Satellitentelefon auf dem hölzernen Schreibtisch war da nichts wirklich Außergewöhnliches. Klappstühle und eine Landkarte an der Blechwand. Vergilbt, aber recht detailliert. Maurice war aber nicht imstande, diese Karte zu lesen.

Gregoire saß da und blickte ihn an. Er starrte mit einem perversen Grinsen in seine Richtung. „Na Kleiner", sagte er dann provozierend. „Das war wohl nichts, Arschloch!", folgte dann etwas barscher und lautstark. Dann schwieg er plötzlich. Er schwieg so lange, dass Maurice kehrtmachen und gehen wollte, sich dabei dachte: *der Kerl ist irre!* Plötzlich sprang Gregoire vom Schreibtisch auf, als hätte ihn ein Dämon befallen. Außer den beiden war niemand im Raum. Er kam um den Tisch herumgelaufen und dann entfuhr ihm eine Tirade an übelsten Beschimpfungen. Er sei unfähig eine Mission zu leiten. *Worum er auch nicht gebeten hatte.* Er sei ein Waschlappen, ein Mamasöhnchen aus dem Urwald, habe den Zwischenboss in schlimmste Verlegenheiten gebracht. Der musste schießen, damit die Scheiß-Dörfler kapierten, wer das Sagen hatte bei dem Einsatz. Man sei ja schließlich nicht gekommen um mit denen über irgendetwas zu verhandeln. *Was ihm egal war, er wollte nichts von seiner Familie und seinen Nachbarn stehlen.* „Du wirst noch viel lernen müssen, du dreckiger Verräter-Arsch!", schrie ihn Gregoire wild an. Seine Augen quollen ihm dabei fast aus dem Gesicht, die Schlagadern zeichneten sich ungesund am Hals ab. Dann passierte, was nie passieren hätte dürfen: Gregoire war Maurice so nahe gekommen, dass dieser dessen fauligen Atem riechen konnte und die Alkoholfahne vernahm. Der aggressive Lagerboss fasste Maurice an beiden Armen und wollte ihn zu Boden werfen. Da reagierte der junge Soldat einmal nicht verängstigt, sondern so keck und kühn wie sie ihn im Dorf gekannt hatten. Blitzschnell und ohne

118

wirklich nachzudenken schnellte sein Knie einmal schnell nach oben. Es war nicht, weil er angreifen wollte, es war, weil er aus Angst reflexartig eine Art Verteidigungshaltung einnehmen wollte um einen Schlag zu verhindern. Gregoire schrie vor Schmerz auf, schnellte zu Boden und hielt sich mit beiden Händen den Schritt. „Du elendiger Versager", plärrte er. Den Schmerzensschrei hatten die beiden Aufpasser draußen mitbekommen. Sie eilten herbei und zerrten Gregoire wieder auf die Beine. „Alles in Ordnung, Boss?", fragte der Lange? Der schüttelte den Kopf, sagte aber das Gegenteil. „Alles Okay. Bin nur gestolpert. Aber sorgt dafür, dass dieser Kerl hier lange noch daran denken wird, wie man nicht mit seinem Boss umgeht."

Speed war gerade mit Laurent bei den Latrinen angekommen, als man Maurice' Wimmern vernehmen konnte. Leise und in der Ferne. Es waren die beiden Wachen. Sie nahmen einen Stock oder zusammengebundenes Reisig. Das hatte Speed schon ein paarmal erlebt. Juju hatte ihn davor gewarnt. Brennt ewig lange und entzündet sich fast immer…

Die Tage nach dem *kleinen* Denkzettel, wie sie ihn nannten, waren die Hölle für Maurice. Er bat Speed ihm mehrmals täglich wenigstens kühlendes Wasser über den Rücken zu schütten. Aber das machte es nicht wirklich viel besser und das Wasser fehlte bei Maurice' Trinken. Die Wunde war rot geworden, teilweise bekam Maurice auch üble Blutergüsse an den Armen und Beinen.

Eigentlich hätte man ihn sofort in ein Krankenhaus bringen sollen. Aber das tat hier draußen niemand. Juju rieb ihm den Rücken mit irgendeiner grünen, stinkenden Tinktur ein, denn sie hatte Mitleid mit den jungen Kerlen. Da schrie Maurice entsetzlich auf und alle hörten die markdurchdringenden Töne. Selbst Gregoire, der vor einem Transistorradio saß, in einem kaputten Gartenstuhl, als wäre er ein Camper irgendwo in Louisiana. Er zuckte zusammen, grinste dann aber sogleich sein perverses Grinsen und wandte sich an seinen Gesprächspartner (der hier keine Rolle spielt) mit den Worten: „Da hat einer in den vergangenen Tagen ziemlich viel Scheiße gebaut." Aber worin dieses *Scheißebauen* nun tatsächlich bestand, das wusste der Geschundene selbst nicht so recht. Er wusste nur, dass er vor Schmerzen kaum noch aufrecht gehen konnte.

Im Lager hatte man ihn erst einmal für einige Zeit aus dem Zelt mit Speed verbannt. Schon nach der ersten Nacht nach seiner kleinen *Nachhilfe*, wie die Bosse um Gregoire das brutale Eindreschen auf sein Rückgrat genannt hatten, musste er aus dem Zelt ausziehen. Sein Wimmern und Schreien in der Nacht hatte die anderen vom Schlaf abgehalten. Juju hatte bei Gregoire interveniert. „Der Kleine" - und damit meinte sie jetzt weder den gar nicht mehr so kleinen Maurice, noch den etwas kleineren Speed, sondern den Neuankömmling aus dem Dorf - „wird wahnsinnig, wenn der Kerl dauernd jammert und vor Schmerz schreit. Habt ihr den denn wirklich gar so sehr zurichten müssen?", fügte sie vorwurfsvoll an.

Gregoire verbat sich freilich jede Einmischung in die Disziplinierung eines unbeugsamen Soldaten. Und eine Frau hatte schon gar nicht einzugreifen, wenn es um Männersachen ging. Juju zuckte mit den Schultern und informierte Gregoire darüber, dass Maurice in einem anderen Zelt schlief und fürs Erste nicht mehr zu irgendwelchen Einsätzen mitgenommen werden konnte. Das war Gregoire auch bewusst. Der Bursche würde nur als hinkender Klotz am Bein eines Zwischenbosses stören und so niemandem etwas bringen.

*

Die Nebel legten sich nun wieder tief in Wälder. Morgens spazierten die Menschen durch die Landschaft um zu ihren Feldern zu gelangen, sodass es von außen einen fast magisch friedlichen Eindruck machen konnte. Die Stimmung wirkte wildromantisch, fast verzaubert gar. Hätte man einen Film gedreht, in dem man das Wunderbare an Afrika zeigen hätte wollen, diese Morgenstimmung mit den feinen Nebelschwaden und der tiefroten Sonne am Horizont wäre perfekt gewesen. Denn die Leute, die mit ihren geschulterten Gerätschaften für die Feldarbeit unterwegs waren, sprachen nicht ungefragt und niemand hätte sie für den Film befragt. Kamera aufbauen, einen Blick erhaschen auf die emsigen Menschen, die sich aus den Dörfern bewegen. Nur halt, waren das nur Gerätschaften für die Landwirtschaft? Da hat doch einer ein ganzes Bettgestell auf dem Rücken. Und der dort, der schiebt einen Handkarren mit einer Matratze und einem Bündel. Warum tragen sie so viele Beutel auf dem Kopf? Warum sind es so viele Menschen? Die Kamera schwenkt um. Das sind keine wildromantischen Szenen eines herrlichen Sonnenaufgangs mehr. Keine fleißigen Landarbeiter, die ihrem Tagwerk nachgehen. Zufrieden mit dem einfachen Leben in karger, aber friedvoller Landschaft... Der Nebel überdeckt den Blick der Kameraleute. Langsam aber lichtet er sich doch und die Luft des Morgens verschafft Klarheit. Das sind Menschen auf der Flucht! Sie kommen aus ihren Dörfern gekrochen wie Ameisen aus dem Bau. Einer nach dem anderen in einer schier endlosen Kette. Wohin? Nach Goma? Zur Grenze, hinüber nach Ruanda? Dahin wollen sie vielleicht, woher früher selbst Tausende kamen. Warum nur?

Der Militärlaster schepperte an den Menschen vorbei, wirbelte Staub auf. Nebel und Regen hatten sich verzogen. Die Soldaten blickten auf beiden Seiten nach draußen. Der Chief hatte seine Sonnenbrille auf die Nase geschoben, sie rutschte immer wieder unangenehm herab. „Halt!", schrie er unvermittelt. Der Fahrer bremste. „Da!", deutete er nach vorne. Am Wegrand standen zwei Weiße mit einer Kamera. Was hatte das zu bedeuten. Und warum kamen aus den Dörfern all diese Flüchtlinge? Waren die Missionen der letzten Tage überall so brutal gewesen? Gregoire fühlte sich erstmals verunsichert. Die im Hauptquartier hatten ihm doch nicht etwa nur die halbe Wahrheit erzählt. Von wegen Vorbereitungen einer historischen Mission. Hatten da noch andere Kräfte ihre Finger im Spiel? Er sollte doch eigentlich eine wichtige, tragende, ja bedeutende und zentrale Rolle spielen bei dieser *Mission*. Selbst das Wort *Mission* dachte er langsam und bedeutsam. Gregoire ahnte, dass dieser *Auftrag* längst lief und er nur eine kleine, unbedeutende Rolle dabei spielte. Man hatte ihn verarscht. Im Glauben gelassen, dass er am Ende ein wichtiger Teil war, einer der Entscheidungsträger. Chief im Camp und mit dabei, wenn es um die große Strategie ging. Ein Widerstandskämpfer mit strategischer Bedeutung. Einer, der dazu taugte, dass man sich dereinst an ihn erinnern würde. In den Dörfern. In den Städten und vor allem: auch im fernen Kinshasa. Aber scheinbar hatte er von nichts eine Ahnung, denn die *Aufträge*, die er und seine Leute ausgeführt hatten in den vergangenen zwei Wochen, die waren klein und harmlos im Vergleich zu dem Strom an Menschen, die man hier beobachtete. Ein Toter. Und das ausgerechnet in einem kleinen Weiler, wo ohnehin fast nichts zu holen war. Weil dieser trottelige Kerl - Maurice - nicht in der Lage war, seine Aufgabe vernünftig auszuführen. Gregoire hätte sich immer noch ärgern können.

Er sprang aus dem Lastwagen. Die Menschen, die stoisch am Wegesrand ihrem Vorgänger und folgten, kaum sprachen und deren Augen Leere und Anspannung verrieten, nahmen die Aktion nur halbherzig zur Kenntnis. Noch ein Militärlaster. Wieder Schüsse? Noch mehr Tote? Feuer? Wieder Vergewaltigungen? Was sollte diese Menschen denn noch schrecken? Es waren noch so und so viele Kilometer bis Goma. Aber dieser Strom aus Dörflern war gar nicht Gregoires Ziel. Das merkten vor

123

allem auch die beiden Weißen mit der Kamera rasch. Sie stellten das Drehen ein und wandten sich dem Widerstandskämpfer zu. Der erste fragte den anderen: „Militär oder Rebell?" Der hob die Schultern. Sie wurden äußerlich ruhig und sahen Gregoire ziemlich gespannt an. Dem gefiel, dass er mit seiner Uniform, der Sonnenbrille und vor allem den zahlreichen bewaffneten Soldaten auf dem Laster mächtig Eindruck machte. Er sprach die beiden auf französisch an. „Wieso dreht ihr hier?", herrschte er sie an. „Wir haben eine Genehmigung aus Kinshasa, dass wir hier filmen dürfen. Es geht um die touristische Entwicklung der Region. Berggorillas, Wanderungen, Natur…" Der Franzose kramte in seiner Tasche nach einem in Folie verpackten Zettel: der Drehgenehmigung. Dabei wirkte er doch mächtig nervös und zitterte ein wenig. Gregoire entriss ihm sofort das Blatt. Dann las er. Er verstand nicht viel davon, denn er konnte kaum lesen. Aber sein Menschenverstand sagte ihm, dass es nicht gut war, wenn französische Reporter in der Gegend filmten, was hier los war. „Das Ding kommt aus Kinshasa, die Typen von der Regierung haben hier bei uns nichts zu sagen. Kamera her!"

Der Kameramann und sein Redakteur überlegten kurz, aber sie hatten bald erkannt, dass mit Gregoire und seinen Männern nicht zu spaßen war. Und vor allem, wenn Gregoire schlecht drauf war - und nach der Götterdämmerung auf der Fahrt war er extrem schlecht drauf - gab es kein Pardon. Der Redakteur aber hatte eine sehr gute Menschenkenntnis. Er erkannte in Gregoire eine

Schwachstelle. Der Typ war dauernd darauf bedacht, die Sonnenbrille auf der Nase zu behalten. Die rutschte immerfort. Aber er nahm sie nicht ab. Wollte sich also nicht in die Augen blicken lassen. Das konnte er nutzen. „Wir wussten nicht, dass wir hier eine andere Genehmigung gebraucht hätten." Er sagte das freundlich, verständnisvoll, fast ein wenig unterwürfig. „Wir dachten, eine Genehmigung der Regierung hätte ausgereicht. Wer hat hier denn mittlerweile das Sagen?" Gregoire nahm den Gesprächsfaden auf. „Wir", sagte er und nannte dann den Namen der Rebellengruppe und offenbarte den Reportern sogar offenherzig das Ziel der Mission. „Wir haben Goma fast erreicht und werden die Stadt unter Kontrolle bringen. Dann wird die Regierungsarmee verjagt." Der Franzose nickte. Sein Kameramann fühlte sich bei der ganzen Aktion unglaublich unwohl. Er hatte Angst, dass am Ende nicht nur das Equipment zerstört würde, sondern auch sie selbst noch etwas abbekamen. Aber im Innersten ahnte auch er, dass eine Guerilla-Truppe im tiefsten Wald fernab der vermeintlichen Zivilisation keinen Stress mit toten französischen Reportern gebrauchen konnte. Das musste Gregoire auch bewusst sein. So ein Mord würde schlussendlich einen großen Aufschrei bedeuten. Am Ende konnten die zwei Reporter, würde man sie aus dem Weg räumen, als Leichen dafür sorgen, dass Frankreich politisch intervenierte und man dann viel mehr Ärger am Hals hatte, als wenn man die beiden einfach laufen ließ.

„Wie lange dauert eure Operation denn schon?", wollte der Redakteur nun wissen. Gregoire gab wieder bereitwillig Auskunft. „Sollen wir mit Ihnen ein kurzes Interview machen?", fragte nun der Kameramann und deutete auf die Ausrüstung. Das gefiel Gregoire. Er wurde ausführlich befragt. Zur Operation der Rebellengruppe, zu seiner Person, zum Leben im äußersten Osten des Landes und zu seinen persönlichen Zielen. Dabei hellte sich seine Stimmung wieder auf. Er, Gregoire, würde nun im fernen Europa als der Held präsentiert. Oder als der Anführer des Bösen. Das aber war ihm in diesem Augenblick egal. Der Ruhm, der ihm zuteil werden würde, war wichtiger, als auf welchen Tatsachen dieser beruhte. Würde man ihn in Europa doch bitte gerne als der Kriegstreiber betrachten, hier würde er fortan ein gefragter Mann sein und die Chiefs in der Kommandozentrale mussten ihn wieder mehr einbinden. Denn er war es, der in einem Interview mit den Reportern aus Frankreich die Lage beschrieben hatte. Wie dumm seine Aktion war, daran dachte er nicht eine Sekunde. Dass er am Ende noch komplett degradiert werden und der alte Boss zurückkehren würde, das kam ihm nicht in den Sinn. Aber der Reihe nach.

Die Franzosen durften also ihre Aufnahmen von der herrlichen Naturlandschaft hier im Kongo weitermachen. Aber bitte keine Bilder von den Flüchtlingen, wenn diese nicht eindeutig bestätigen, dass sie vor der Regierungsarmee auf der Flucht waren. Darauf bestand Gregoire dann doch. Man schüttelte Hände und winkte. Gregoire lief dynamisch zum Militärlaster zurück, sprang auf und winkte zum Abschied noch aus dem Fenster. Zaghaft, fast scheu, aber innerlich triumphierend erwiderten die beiden Reporter den Gruß. Sie warteten noch eine Weile ab und filmten dann weiter. Den Flüchtlingsstrom und die von den zarten Nebeln so herrlich eingelullte Landschaft. Später würden sie den Coup an den Sender mailen, samt des Interviews mit diesem allzu offnen Rebellenkommandeur.

Gregoires Funkgerät knackte leise. Es war Juju. Sie berichtete, dass es im Camp ein Problem gab. Sie würde Männer beobachten, die aus einem der Nachbardörfer heranzögen. Wie viele es waren, konnte sie ihm nicht mitteilen, aber sie erkannte in der Ferne Männer mit Äxten und Stöcken. Wirkte insgesamt alles andere als friedlich. „Wie viele Männer hast du bei dir im Lager?", fragte Gregoire. Juju überlegte kurz. Dann sagte sie langsam und ziemlich in Sorge: „Drei Kranke, die in den Zelten liegen, zwei Verletzte und den ganz Kleinen." Gregoire hielt inne, schaute auf die Uhr. Sie würden wenigstens eine Stunde zurück ins Camp brauchen, aber er wusste, die drei Kranken und zwei Verletzten würden wenig ausrichten können - zumal einer der Verletzten Maurice war, den Gregoire insgesamt ja für völlig unfähig hielt.

*

Der Späher war am Morgen wieder in das kleine Dorf zurückgekommen. Der Weiler lag auf der anderen Seite der Lichtung. Bis ins Camp waren es keine zehn

Minuten Fußmarsch. Dreimal hatten sie die Rebellen heimgesucht - in den letzten sechs Monaten. Dreimal wurde geplündert und vergewaltigt. Dreimal die Ehre geraubt und dreimal den Einwohnern die Lebensgrundlage entzogen. Es war ihnen nun egal, ob es für eine *gute* oder gar *historische* Sache war. Man wollte nicht verhungern und auch nicht mehr länger seine Frauen opfern für diese Rebellenschweine. Und schon viel zu viele Kinder aus den Dörfern waren in ihren Fängen. Sie nutzten sie zum Kampf gegen ihre Feinde. Es waren lebende Schutzschilde im Krieg. Es waren eben Kinder. Aber ihre Eltern wollten sie schützen. Mit der Liebe von Vater und Mutter war es nicht vereinbar, wenn die Jungs in das Camp verschleppt wurden. Manche mussten aber einen Sohn gehen lassen, denn sie hatten nichts mehr zu essen oder sie wurden bedroht. Auch war die Liebe zu den Kindern nur die eine Sache. Die andere war deren Arbeitskraft, die man doch so dringend auf dem Feld brauchte. Das war auch einer der Gründe, warum viele Kinder nicht zur Schule gingen - oder wenigstens nicht regelmäßig.

Nun war der Zeitpunkt gekommen, den Rebellen zu zeigen, dass Schluss war mit diesem dreckigen Spiel. Der Späher berichtete den Männern im Dorf, dass die Soldaten in mehreren Lastwagen das Camp verlassen hatten und man nur noch ein paar Frauen herumlaufen sah. Dann beratschlagten sie. Erst einmal keine Gewalt! Keine Verletzten oder gar Tote! Aber es musste den Typen im Camp ein für allemal klar werden, dass sie ihre miesen Überfälle auf den Weiler einzustellen hatten.

Kurz vor dem Camp machten sie Halt. Es waren zwanzig Männer und sechs Frauen, die nicht davon abzubringen gewesen waren, mitzukommen. Sie beschworen noch einmal, keine unnötigen Verletzungen provozieren zu wollen. Nur wenn sie angegriffen würden, müssten sie sich wehren. Der Dorfälteste hakte noch einmal beim Späher nach. „Sicher, dass alle Soldaten fort sind?" Und der bekräftigte ein weiteres mal: „Alle haben sich versammelt und der Chief hat wild herumgebrüllt. Dann sind sie auf die Lastwagen gesprungen und fortgefahren. Ich habe noch eine Zeitlang gewartet, da sind keine Soldaten mehr aufgetaucht. Nur die Frauen habe ich gesehen. Von Zelt zu Zelt sind sie gegangen."

*

Laurent saß stumm in einer Ecke des Zelts als Juju hereinkam. Er war nicht dazu zu bewegen, sich ihr zu öffnen. Bei Speed war es einst kein Problem gewesen. Er hatte keine Eltern mehr gehabt und Juju schaffte es bald mühelos, sein Herz zu erobern. Auch wenn sie eine starke Frau war, die sich in ihrer Tarnuniform durchaus ihrer einschüchternden Wirkung bewusst war, wenn sie aufbrauste, so war sie im Innern doch eine ruhige und fürsorgliche Frau. Maurice hatte das bald verstanden und sich immer mal wieder an Juju gewandt. Er war sich sicher, dass sie Gregoire heimlich - und bei den Richtigen auch gar nicht so heimlich - ebenso für eine Fehlbesetzung hielt. Und so mancher im Camp hatte das Gefühl, die Frau Mitte vierzig, die stämmig war und Kraft hatte wie ein Mann, war die tatsächliche Befehlshaberin im Camp. Sie war es schon beim Alten gewesen, der ihren Rat geschätzt hatte und wirklich auf sie hörte. Sie gehorchte Gregoire, denn sie fürchtete seinen Jähzorn, so wie alle anderen auch. Er hatte die Macht, er ließ die Marionetten, die etwas werden wollten in der Truppe, tanzen und springen. Gregoire hatte die wichtigen Beziehungen *nach oben* und einem, dem es gelungen war, den Alten abzusetzen, dem würde es auch gelingen, das Lager auf den Kopf zu stellen und sicherlich, da waren manche der Trittbrettfahrer fest überzeugt, würde er auf für sie den richtigen Posten im Geflecht der Truppe finden. Egal wie dumm er im Grunde auch war... Maurice hatte vor ein paar Tagen erst gehört, wie sich Juju mit einer anderen Frau bei der Feuerstelle unterhalten hatte. Sie hatten Maismehl gemacht und sich dabei über das Lager ausgelassen. Waren sich sicher gewesen, nicht belauscht worden zu sein. Alle waren fort. Nur der Verletzte, der Geschundene war dageblieben. Juju hatte Maurice in seinem Zelt vermutet, aber er brauchte Wasser und war zur Feuerstelle gehumpelt. Da hörte er wie die andere Frau sagte, dass Gregoire zu dumm sei, seinen Schwanz zu benutzen. Jujus Antwort ließ keinen Zweifel aufkommen. Die Welt werde von vielen solcher Menschen regiert. Überall seien Dumme in den Regierungen, in den Parlamenten und im Generalstab. Und weil die Dummen ungern von Intelligenteren auf ihre Dummheit hingewiesen würden, hielten sie sich in ihrer direkten Umgebung immer noch Dümmere. Und so ginge das immer fort. Die andere Frau grinste. „Die beiden Lappen, die sich Gregoire als seine Boys angeheuert hat, sind dann die Dümmsten, oder?" Juju hatte leicht gegrinst und ein rauchiges Lachen folgen lassen. „Richtig. Dann kommt unser Chief im Lager und über ihm stehen die Oberbosse." Die andere Frau lachte nun auch. „Und die Zwischenbosse?" Juju zögerte einen Moment. „Sind zwischendumm. Weißt du, wenn sie clever genug sind, kommen sie irgendwann nach oben oder sie werden eben final aus dem Weg geräumt. Wer Fragen stellt, wer Dinge durchschaut und die Bosse nicht wissen, wieso der das durchschaut, weil sie selbst doch zu doof dafür wären… Dann lässt man sicherheitshalber die Sprache der Gewehre sprechen." Die andere Soldatin hatte kurz geschwiegen und dann *ein Scheißspiel* gesagt. Danach hatten beide Maurice bemerkt und sofort das Thema gewechselt. Juju aber war sich sicher gewesen, dass Maurice gescheit genug war, Dinge für sich zu behalten, wenn er nicht sicher sein konnte, dass man ihn zur Rechenschaft ziehen würde, wenn er das Wissen ausplauderte.

Laurent war zu klein, um all die Zusammenhänge zu durchschauen und wollte sich Juju nicht öffnen. Er war geplagt von schrecklichem Heimweh. Sein ganzer Körper war eingelullt in die bleischwere Pein, nicht bei seiner *Maman* sein zu können. Er vermisste sie, er vermisste auch den Vater und die Geschwister. *Grandmère* und den Großvater sowieso. Alle, das ganze Dorf vermisste er schrecklich. Er war so einsam. Anfangs hatte er Maurice gehasst für das, was er ihm angetan hatte. Aber seltsamerweise legte sich das rasch. Erstens war Maurice das einzige kleine Türchen ins Heimatdorf. Auch wenn Maurice der Große war und eigentlich der verhasste Draufgänger und auch wenn er daran Schuld trug, dass Laurent nun hier im Lager war, so war er doch auch sein Anker. Und zweitens hatte Laurent sehr schnell begriffen, dass Maurice hier gar nichts zu sagen hatte im Theaterspiel der Mächtigen. Sie hatten ihn übel zugerichtet für was auch immer. Er litt. Und Laurent litt mit ihm. Das begriff auch der kleine Junge bereits recht schnell.

Und nun standen diese Leute vor dem Camp und machten keinen freundlichen Eindruck. Maurice schleppte sich vor das Zelt. Er hörte die Schreie, das Klappern mit den Äxten und das Zischen der Wut der Männer und Frauen. „Hau ab", rief er Laurent in die Ecke des Zelts zu. „Verschwinde", sagte er nun scharf, nicht laut, aber sehr bestimmt, vielleicht etwas arg barsch. Die leeren Augen des Kleinen stellten eine Frage für die es keiner Worte bedurfte: *Wohin soll ich gehen?* Maurice bemerkte das Zögern. „Geh in den Wald. Dort in die Richtung der Latrinen, dahin, wo es nach Scheiße stinkt. Lauf immer weiter genau in diese Richtung. Dort ist es zwar dunkel. Aber es wird dich an dieser Stelle niemand suchen. Bleib einen halben Tag im Wald und komme erst dann zurück!" Laurent stand auf, lief mit gesenktem Kopf an Maurice vorbei und fühlte eine beklemmende Angst in sich. Maurice strich dem Kameraden über den Kopf. „Mach schon, Laurent, mein Freund, du musst dich schützen, lauf und bete für uns alle." In diesem Moment spürte Laurent, dass

Maurice auch von schrecklicher Angst geplagt und sein Freund geworden war. Er merkte einmal mehr, dass der Draufgänger hier so ganz anders war. Diese fürsorgliche Art kannte Laurent aus dem Dorf nicht. Dort war Maurice ein Arschloch gewesen, ja, anders als in dieser drastischen Form hätte er es nicht sagen können. Nun waren sie stillschweigend Brüder geworden. Der Große aus dem Dorf und der Kleine aus dem Dorf. Die beiden hielten zusammen, das war plötzlich klar. Unausgesprochen. Der eine verletzt, der andere noch so verletzlich. Laurent nahm nichts weiter mit als seine Wasserflasche, er deutete in die Richtung der Latrinen und Maurice nickte stumm. „Geh schon!", rief er dann nochmals. Das Klappern, Scheppern, Rufen und Schreien, Zetern und Drohen aus der anderen Ecke des Camps wurde etwas lauter und die Zeit, sich einen Vorsprung zu erarbeiten, schmolz dahin, zumal dann, wenn man wie Laurent, noch nicht besonders groß und sonderlich schnell war. Er würde das ein oder andere mal über Wurzeln stolpern, sich ängstlich umdrehen um zu überprüfen, dass ihm auch niemand folgte.

Laurent stand tief im Wald versteckt, die Hände in die Hüften gestemmt und lauschte angestrengt. Man konnte nichts mehr aus dem Lager vernehmen, zu weit war es mittlerweile fort. Wie lange war er eigentlich gelaufen? Vielleicht eine halbe Stunde. Ganz genau hatte er sich die Richtung eingeprägt, ein paar markante Stämme, ein umgestürzter Baum samt Wurzelstock, der riesige Stein. Schließlich brauchte er Anhaltspunkte für den Weg zurück. Er fror. Er hatte Hunger. Angst. Was würde jetzt im Camp vor sich gehen? Dort waren Fremde aus einem Nachbardorf. Die hatten nicht sich nicht so angehört, als wären sie in friedlicher Absicht gekommen. Laurent fühlte sich leer und ein wenig schuldig. Zwar hatte er nie in dieses Lager gewollt, aber nun hatte er seinen neuen Freund Maurice dort alleingelassen und großer Gefahr ausgesetzt. Die anderen Soldaten waren unterwegs und konnten nicht helfen.

Laurent fand um sich herum nichts Essbares. Der Magen knurrte schrecklich. Und auch seine Kehle brannte. Es war zwar nicht unerträglich heiß, aber in der Mittagssonne geriet man in den Tiefen dieses feuchten Waldes durchaus ins Schwitzen. Den letzten Tropfen Wasser hatte er schon bald nach seinem Aufbruch getrunken. Wie lange er wohl nun hier gesessen hatte? Er träumte von seiner *Maman* und den anderen aus dem Dorf. Wie es denn wäre, wenn er wieder bei ihnen sein könnte? Er hatte sich seit seiner Ankunft im Camp genau dieses bereits tausendfach ausgemalt. Die Rückkehr. Die Umarmungen. Aber auch ein kleiner Junge wie er es war, wusste, dass es durchaus denkbar war, dass er nie mehr zurückkehren würde. Er verdrängte den Gedanken und versuchte sich vor der Kälte zu schützen, die ihn mittlerweile gefangen hielt.

Zu lange war er nun schon in diesem Wald. War es eine Stunde gewesen, waren es zwei? War der halbe Tag schon vorüber, den Maurice eingefordert hatte? Für

Laurent fühlte es sich an, als habe er nach einem ewigen Fußmarsch mindestens eine doppelte Ewigkeit auf diesem morschen Wurzelstock gesessen. Aber es waren wahrlich nicht einmal zwei Stunden vergangen seit er das Camp verlassen hatte. Nur wie hätte der Kleine sich die Zeit vertreiben können? So wurden Minuten gedehnt zu Stunden und die Stunden, diese beiden Stunden, empfand der Junge lang wie einen Tag. Er kletterte vom morschen Stumpf herab, blickte sich verstohlen um. Laurent hatte einen ausgesprochen guten Orientierungssinn, denn im Dorf war er mit dem Vater, den Onkeln oder den größeren Geschwistern immer wieder tief im Wald unterwegs gewesen. Es war für ihn kein Problem, den Weg ins Camp zurück zu finden. Aber war der Weg sicher? Vielleicht folgten die Menschen aus dem Dorf ja allen Spuren ins Dickicht. Sie kannten die Gegend ja wie niemand sonst. Und wenn Laurent ins Camp zurückkam, was würde ihn dort erwarten? Ein leichter Schauer durchfuhr ihn, dachte er an die Meute, die klappernd vor den Toren des Lagers stand, als warte sie nur auf ein Zeichen zum Sturm. Er malte sich die gräßliche Fratze der Aggression aus, die, wenn sie den Menschen befällt, keinen Halt macht im Gesicht, sondern sich des ganzen Leibs bemächtigt. Dann fällt die Fassade des Anstands hinter den Trieb der Wut zurück und der grässliche Anblick wird nur mehr zum Ausdruck des blanken Hasses, der dann zuschlägt, auf den Gegner einsticht oder das Leben auf irgendeine andere grausame Art und Weise aushaucht. Und da sah Laurent keine Möglichkeit mehr, sich in diese Leute einzufühlen, denn er trug keinen echten Hass in sich. Sie trachteten den anderen im Lager nach dem Leben; den Antrieb dazu konnte Laurent nicht fühlen. Maurice war in Gefahr. Egal, ob er ihn im Dorf gehasst oder mit Skepsis sein Tun betrachtet hatte, hier war er sein Bruder geworden. Maurice war verletzt worden und das lag auch an ihm, dachte Laurent.

Langsam setzte er Fuß vor Fuß, näherte sich Schritt für Schritt dem Lager wieder an. Er lauschte aufmerksam. Stille im Wald. Nein, falsch, wenn man genau hinhörte und nicht wie Laurent nur nach den menschlichen Lauten suchte, dann waren hier eine Menge Töne zu vernehmen. Der Wind, egal wie wenig stark er wehte, ließ Blätter rascheln. Irgendwo hörte er ein paar Affen schreien, Vögel sangen ihre werbenden Lieder in den Nachmittag, Grillen zirpten und nicht allzu weit entfernt scharrte etwas raschelnd durch das Unterholz. Aber menschliches Rufen, das war nicht zu vernehmen. So bahnte sich der Junge den Weg zurück ins Camp.

Es dauerte länger, viel länger als die Flucht in den Wald hinein. War er am Morgen in Hetze aufgebrochen, getrieben von der Angst, entdeckt und verprügelt zu werden, so hielt ihn nun die Angst vor dem, was im Lager geschehen war, zurück. Einen Schritt vor, abwartendes Innehalten, lauschen, einen Schritt zur Seite... Außerdem war Laurent in der Zwischenzeit ziemlich erschöpft. Je näher er dem Camp kam, umso langsamer wurde er, umso länger waren auch die Pausen, die er sich zwischen den kurzen Wegstücken gönnte. War da wirklich kein

Rufen? Kein Schreien? Diese Geräusche mit den Äxten und Schaufeln, die ihn am Morgen so in Angst und Schrecken versetzt hatten?

Nach einiger Zeit erreichte Laurent das Lager. Und es herrschte Totenstille dort. Niemand war zu sehen, keine Menschenseele machte auf sich aufmerksam, kein Zucken, kein wildes Debattieren. Er musste das Schlimmste befürchten, als er die ersten Zelte erreichte. So näherte er sich besonders vorsichtig seinem Zelt und öffnete behutsam den Eingang. Darin saß Maurice in einer Ecke, zusammengekauert und wie ein Häufchen Elend klein. Er starrte leer in Laurents Richtung, fast als wäre er schon tot. „Was ist los?", fragte Laurent voller Angst. „Sind sie fort?", hakte er sofort noch nach. „Ja", antwortete Maurice leise und mit sehr schwacher Stimme, langsam und den Blick zum Boden gerichtet. „Ich…", fügte er dann müde an, kam aber nicht weiter, hob die Hände an sein Gesicht, verbarg es dahinter und weinte Tränen wie ein kleines Kind. Ein kleines Kind, das der Jugendliche im Grunde seines Herzens wohl noch immer war. „Ich…", wiederholte er nach einer Weile und deutete auf den Ausgang des Zelts in Richtung des großen Platzes, wo die Feuerstelle war und der Container der Bosse. „Alles alleine meine Schuld", jammerte er dann. „Was ist da und was ist passiert?", fragte Laurent als wäre es seine Aufgabe, die Fragen der Erwachsenen zu stellen, weil er nichts verstand. Er betrachtete dabei Maurice' Verletzungen. Er hielt den Arm seltsam schräg und die Schulter hing einseitig nach unten. War das die letzten

Tage auch schon so gewesen oder waren neue Male der Verwundung auf seinem Körper hinzugekommen? „Sie sind alle auf einmal auf sie losgegangen…" Mehr sagte Maurice nicht. Dann setzte er sich wieder auf den Boden des Zelts und weinte neuerlich bitterlich. Er ließ den Tränen freien Lauf, bemühte sich nicht vor dem Jüngeren Schmerz und Angst zu verbergen, war dazu auch gar nicht in der Lage gewesen. Laurent wusste dem nicht zu begegnen und setzte sich einfach nur schweigend neben den großen Freund. Auch er kämpfte mit den Tränen, denn er erfasste sehr wohl, dass während seiner Abwesenheit im tiefen Wald etwas Furchtbares im Camp passiert sein musste, das Tod und Verwundung bedeutete, denn sonst hätte sich Maurice im Leben nicht so verhalten.

Nach ein paar schrecklichen Augenblicken des gemeinsamen Trauerns, entschloss sich der Jüngere dazu, aufzustehen um am Sammelplatz nachzusehen, was dort vorgefallen war. Aus Maurice war nichts herauszubringen und die Ruhe im Lager vermittelte ihm die Gewissheit, dass hier niemand mehr war, der ihn attackieren würde.

Laurent sah, dass es auch auf dem Sammelplatz ruhig war. Keine Menschenseele war zu erkennen. Wo waren denn all die anderen? Es waren doch noch ein paar Kranke und Verletzte im Lager gewesen? Und einige Frauen und natürlich Juju! Er rief nach ihr, leise, um nicht zu viel Aufsehen zu erregen. Aber niemand gab Antwort. Laurent bemerkte, dass die Tür des Containers aufgebrochen war. Die Funkanlage lag zerschmettert am Boden. Wo war Juju? „Wo bist du, Juju", rief er erneut, nun mit Tränen in den Augen. „Juju", nun mit Nachdruck. Sein Rufen verhallte in einer Blutlache unweit des Containers.

Erzählt ist die Geschichte des Rachefeldzugs in wenigen Worten und obgleich es tatsächlich Maurice' Schuld war, dass Juju nicht mehr unter ihnen war, so war er nicht schuldig. Die Meute war ins Lager gestürmt, hatte geschrien und mächtig Wirbel gemacht. Es sollte laut klingen, angsteinflößend und schrecklich. Sie alle hatten selbst ganz schrecklich Angst gehabt vor den Rebellen im Camp. Da stand nun aber nur Juju, alleine neben der Feuerstelle einen blechernen Löffel in die Luft gereckt. „Mehr hab ich nicht, um mich euch in den Weg zu stellen", sagte sie trocken, scheinbar ohne Angst. „Wenn es euer Ansinnen war, mich zu töten, tut es nun, Gegenwehr kann ich nicht bieten, das Lager ist leer, die Männer sind fort. Ich habe hier nur mich und ein paar jämmerliche kranke Waschlappen. Sie deutete auf die Zelte hinter sich. Aber sie deutete in die andere Richtung. Die Kranken waren auf der linken Seite des Containers in zwei Zelten, Maurice und Laurent in einem Zelt ganz links hinten, fast schon bei den Latrinen. Sie aber deutete nach rechts. Sollten diese Irren wirklich das ganze Lager auslöschen wollen, würde sie so den Kranken und Verletzten wenigstens ein paar Augenblicke Vorsprung geben, doch noch zu entkommen. Den Krach hatten sie ja alle vernommen und vermutlich waren sie längst über alle Berge. Sie vermutete vor allem Maurice schon mitten im Dickicht, denn sie wusste, dass der Junge eigentlich ein ziemlicher Feigling war. Und sie vergab es ihm.

Es kam zu einem kurzen Wortgefecht mit einem der Männer aus dem Dorf, laut und durchaus aggressiv. Aber es blieb alles gewaltfrei. Noch sah es nicht danach aus, als würde hier Blut fließen. Die Angreifer waren sichtlich verwirrt. Sie hatten sich nicht ausgemalt, was sie nun tun würden, wenn nur eine einzige Frau sich ihnen in den Weg stellte und die noch dazu unbewaffnet war. Ihr in die Luft gereckter Kochlöffel schindete nun wirklich keinen Eindruck. „Wir werden dich umbringen, wenn deine Männer noch einmal in unser Dorf kommen, sich in unseren Vorratskammern bedienen, rauben und unsere Jungen und Mädchen mitnehmen. Verstanden?!" Der Nachsatz klang aber schwach und tatsächlich recht wenig entschlossen. In diesem Moment tauchte Maurice aus dem Nichts auf. Er hatte eine Waffe im Anschlag, das Gesicht noch immer schmerzverzerrt wegen seiner Schulter und er war ebenso voller Angst wie alle anderen. „Ihr tötet hier niemanden, ihr Arschlöcher", schrie er in Angst um Juju und spürte, wie ihm Tränen in die Augen schossen. Nicht Juju, nicht die einzige Person im Lager, zu der so viele hier Vertrauen hatten.

„Nimm die Waffe runter, du Idiot", sagte Juju nun deutlich, da sie erkannt hatte, das Maurice die Situation so nur anfachen würde. Er hatte nicht genau gehört, was die Männer mit Juju gesprochen hatten. Nur, dass sie

sie töten wollten, das hatte er vernommen. Nun gingen zwei Männer aus dem Dorf auf Juju zu. „Sag dem Kerl, er soll sofort die Waffe runternehmen, aber schnell!" Juju wollte sagen: „Bist du taub, du Trottel, das hab ich ihm doch eben erst gesagt." Aber sie wiederholte aus Angst stattdessen noch einmal die eindringliche Mahnung an Maurice, klar und deutlich. „Waffe runter!" Aber Maurice blieb einfach starr vor Angst stehen. Er reckte das Gewehr in die Höhe und der Schuss löste sich ganz von alleine. Er traf keinen Menschen, der Schuss zischte spürbar knapp über die Köpfe der Angreifer hinweg und schlug in einem Zelt auf der anderen Seite des Sammelplatzes in eine Zeltplane ein. Es klang als würde jemand einen Riss in die Zeltwand machen. Es zischte irgendwie. Nun sahen sich die Männer und Frauen aus dem Dorf in Panik zur Attacke getrieben. Es wurde laut und hektisch, sie überrannten den Platz, einige stürmten wütend auf Maurice und Juju zu, andere stoben davon. Maurice stolperte, das Gewehr ließ er vor Schreck fallen. Noch ehe die ersten Angreifer Juju erfassten, konnte sie das Gewehr aufheben. Sie wollte nicht schießen, hielt die Waffe nur schützend vor ihren Kopf und ihren Oberkörper. Sie spürte einen zarten Schmerz in ihren Beinen, drehte den Gewehrkolben, wollte doch schießen, merkte, dass ihre Gedanken nicht klar waren. Bilder sausten durch ihren Kopf, der Film des Irrsinns lief schneller, dann langsamer, dann fror das Bild ein und endete in tiefem Schwarz. Blut tropfte aus einer Wunde am Bein, noch mehr rann aus dem Hals. Sekunden später lag sie am Boden und starrte in die Ewigkeit des Seins hinaus.

Laurent erfasste die Situation trotz seines jungen Alters sofort. Wie in Stein gemeißelt brannte sich in sein Gehirn ein: *Juju ist tot.* Er hatte die Frau nicht wirklich gemocht. Sie wirkte auf ihn etwas kratzig, oft unnatürlich fröhlich in dieser tristen Umgebung. Aber sie war gut zu ihm gewesen, hatte ihn nie geschlagen. Und nun lag sie im Staub. Bedeckt von Sand und in ihrem eigenen Blut. Er wollte schreien, hatte aber Angst davor, dass ihn jemand hören würde. Er lief zu Maurice zurück in das gemeinsame Zelt.

„Maurice!", sagte er leise, vollkommen außer Atem und mit pochendem Herzen. „Maurice", noch einmal und ein weiteres Mal: „Maurice!"

Dann brach es aus Maurice heraus. Er erzählte die ganze Geschichte von Anfang an. Von seiner Scheißangst, dass diese durchgeknallten Dörfler *seiner* Juju etwas antun könnten. Davon, dass es so viele waren und er wusste, dass er bei all den Schmerzen im Rücken keine Chance gegen sie gehabt hätte. Er berichtete dem Jungen von der Waffe, die er aus dem letzten Winkel des Zelts hervorkramte. Wie er damit unter größten Schmerzen durch das Lager schlich, mehr kroch, und hoffte, Juju beistehen zu können. Er hatte das Funkgerät knacken hören, Gregoire schrie irgendwelche aggressiven Befehle hindurch. Etwas in der Richtung: Alle, die im Lager seien, müssten bis zum letzten Mann kämpfen. Die Einwohner des Dorfs nannte er widerliche Eindringlinge, die *ausgelöscht* werden müssten. „Nochmal traut sich das dann keiner!", schrie er krächzend. Wer Gregoire kannte, wusste, dass er im Grunde Angst hatte. Aber nicht vor dem Blut, das im Camp zu fließen drohte, sondern vor allem um seinen Ruf bei den großen Bossen im Hauptquartier. Die würden alles andere als erfreut reagieren, wenn Gregoire in seinem Lager nicht für Recht und Ordnung sorgen konnte.

Juju versuchte Gregoire durch das Funkgerät zu beruhigen. Sie merkte, dass der aggressive Ton eine gewisse Auswirkung auf die mit Äxten und Spaten scheppernden Bauern aus dem Dorf hatte. Die Dörfler hörten alles genau mit. Sie wurden aggressiv. Hatten sie nicht schon genug zu erdulden durch diese paramilitärische Truppe, mussten sie sich jetzt auch noch von einem der Anführer als *widerlich* bezeichnen lassen, erdulden, dass der Kerl sie *auslöschen* wollte. Juju gedachte zu vermitteln, sie hätte mit ihrem diplomatischen Geschick auch sicher wie immer einen Weg aus der Situation gefunden, aber sie kam nicht mehr dazu, denn in dem Moment als die Leute einige Schritte auf sie zu machten und dabei lauthals schrieen, entwich praktisch schon der Schuss aus Maurice' Gewehr.

„Was machen wir denn jetzt?", fragte Laurent den immer noch weinenden Kameraden, nachdem dieser seine Version der Geschichte zu Ende erzählt hatte. Der schüttelte nur verzweifelt den Kopf. „Ich weiß es nicht. Wenn Gregoire kommt, gibt es so oder so Ärger. Der wird uns grün und blau prügeln, weil wir das Lager nicht besser verteidigt haben."

In der Zwischenzeit waren auch die anderen Kranken und Verletzten aus ihren Zelten gekrochen und hatten mitbekommen, dass Juju ums Leben gekommen war. Ihrer aller Mutter der Kompanie… Es würde ein fürchterliches Donnerwetter geben. Speed, der Angst um seinen neuen Freund Laurent haben dürfte, würde sicherlich alle Schuld auf den verletzten Maurice lenken. Die anderen Kranken waren zu schwach um für das Ausmaß dieser Katastrophe verantwortlich gemacht zu werden. Also war klar, dass es Maurice war, der alles abbekommen würde. Da waren Maurice und Laurent sicher. Gregoire hatte es ja ohnehin bereits auf ihn abgesehen.

„Wo sind die hin?", wollte Laurent wissen. „Wer?", fragte Maurice verdattert. „Na, die anderen Männer? Gregoire, die Zwischenbosse, die ganze Truppe?" Maurice wusste es nicht. „Keine Ahnung, mein Freund, ich weiß es nicht." Laurent war klar, dass es für Maurice im Lager zu gefährlich werden würde. Aber der verletzte Maurice würde eine Zeit brauchen, bis er in sicherer Entfernung war. Außerdem würden sie ihn vielleicht schnell einholen. Sie hatten nur zu zweit eine Chance. Aber als er seinem Freund den Plan erklären wollte, dass abhauen die einzige Möglichkeit war, und zwar sofort, da hörte er auch schon das Geklapper und Knattern der Militärfahrzeuge. Gregoire kam zurück! Und mit ihm sicherlich unbändige Wut!

Ihre Tagesmission war gescheitert. Die Bosse im Hauptquartier hatten ihn sofort zurückbeordert. Die Sicherung des Camps hatte Vorrang vor den anderen Dingen. Und wenn da ein paar Irre aus einem Dorf sich in den Weg stellten, galt es einzuschreiten. Aber Gregoire spürte, dass sein Ruhm innerhalb der Truppe schmelzen dürfte, wenn er nicht in der Lage war, sein Lager im Griff zu haben. Da war außerdem noch das Fiasko mit den französischen Reportern. Deswegen hatte er in den kommenden Tagen noch ein Gespräch mit den großen Bossen und davor - nicht zu unrecht - eine Menge Angst.

Ein paar Idioten aus einem umliegenden Dorf mit ein paar Äxten und Spaten! Wie lächerlich! Aber Gregoire hatte eben niemanden zurückgelassen, der schlagfertig und gesund genug war, um das Lager zu bewachen. Er hatte darauf vertraut, dass die Leute aus der Umgebung wohl gesonnen waren. Wie nur hatte er damit rechnen dürfen? Die Rebellen waren in den letzten Jahren unzählige Male in die Dörfer marschiert, hatten geklaut, gedroht, gemordet, vergewaltigt, gebrandschatzt und Kinder als Soldaten erpresst. Wie durfte er da darauf vertrauen, dass diese einfachen Bauern einer Rebellentruppe uneingeschränkt vertrauten? Gregoire biss sich auf die Lippen als er ins Lager kam. Da lag sie im Staub. Es hatte erneut zu regnen begonnen. Der Regen wischte die Tränen aus den Augen und ließ das Blut langsam verschwinden, das aus Jujus Körper entwichen war wie alles Leben. „Verdammte Scheiße", schluchzte Gregoire, der in diesem

Moment vergaß, dass er der Befehlshaber einer ganzen Truppe war und sich keine Emotionen leisten durfte. Aber bei Juju hatten selbst die Zwischenbosse Verständnis für derlei Emotionen. Speed weinte wie ein kleines Kind bitterlich, weinte um seine *Maman* wie er es als Kind nie getan hatte. Er weinte um die Frau, die ihm Mutter geworden war.

Sie beerdigten sie rasch, still, aber in Würde. Gregoire hatte anfangs keine Kraft gefunden, seine Trauer in Wut zu verwandeln. Aber er wusste, dass es da noch etwas zu erledigen gab. Der Verstand des Außenstehenden hätte ihn gelehrt, dass diese Spirale der Gewalt keinen Sinn hatte. Aber er befand sich mitten im Krieg, er kannte nur eines: Rache als Reaktion auf den *feigen* Angriff. Der feige Angriff aber war nichts weiter gewesen als ein verzweifelter Aufschrei der Menschen aus der Umgebung, dass sie das Blutvergießen und den Blutzoll statt hatten. Sie waren so lange ausgenutzt worden. Waren es nicht die Milizen, war es das staatliche Militär. Kooperierten sie mit den einen, bestraften sie die anderen und umgekehrt. Diese einfachen Bauern suchten Ruhe und es bedurfte einer riesigen Portion Mut der Verzweifelten um mit ein paar Äxten und Spaten, langen Stöcken und lautem Geschrei einem Haufen bis unter die Zähne bewaffneten Guerillas entgegenzutreten. Feige war der Überfall nur deswegen, weil sie ausgespäht hatten, dass Gregoires Truppe nicht im Camp war. Sie wollten Juju nicht töten, sie wollten überhaupt niemanden töten. Sie wollten vielleicht Zelte verwüsten, Schaden anrichten.

Man hätte von einem Denkzettel und einer deutlichen Warnung sprechen können. Aber es war nun alles anders gekommen. Zurück in ihrem Weiler stritten sie heftig miteinander. Zwei der *Chiefs* waren sehr aufgebracht. Sie schrieen laut herum. Sie zeterten. Sie klagten, denn sie wussten genau, dass der *Commandant* im Lager sich den Angriff niemals gefallen lassen würde. Sie hatten einen Denkzettel verabredet, aber doch keine Toten! Nun würden die Rebellen kommen und sich rächen. Das war so sicher, so schmerzlich sicher. Die *Chiefs* kamen mit den Dorfältesten zusammen, die Männer besprachen sich sogleich. Es blieb nur die Frage, wie lange sie noch Zeit hatten, bis der Überfall erfolgte. Und sie wussten, sie hatten wenig. So trafen sie den bitteren Entschluss, zu gehen. Niemand wusste, wohin, niemand wusste, für wie lange. Aber sie wussten, dass ihre Sicherheit im Dorf nicht mehr gewährleistet war. Würden sie bleiben, müssten einige, vielleicht alle von ihnen sterben. Das konnten die Alten nicht verantworten und so packten sie rasch ihre wichtigsten Dinge zusammen.

Nachdem Gregoire den ganzen Nachmittag über getrauert, seine Tränen im Container aber vor den anderen versteckt hatte, traf er einen Entschluss: Der Weiler, aus dem der Angriff kam, sollte von der Landkarte verschwinden. Dazu musste er auch nicht erst das Hauptquartier informieren. Er war der Boss hier im Camp und er musste Rache nehmen für diesen sinnlosen Tod von Juju. Auch um vorzubeugen für die Zukunft.

Juju, die gute Seele der Truppe. Die Frau, die alle zusammenhielt. Die, die niemals hätte bezahlen dürfen für diese Sinnlosigkeit. Zum ersten Mal überkamen Gregoire Zweifel, ob dieser ganze Krieg wirklich Sinn machte. Aber er schob diese Zweifel blitzschnell beiseite. Dann rief Gregoire nach Maurice. „Du warst im Lager, hast Juju nicht retten können..." Dann stockte ihm die Stimme. Maurice hatte Angst. Er stand vor dem Container, hielt sich die schmerzende Schulter. Er fürchtete um sein Leben. Für ihn war klar, es kam nun die Stunde der Abrechnung. Er hätte das Camp verteidigen müssen. Aber hatte er es auch verteidigen können? So alleine? So verletzt? So unerfahren? Das allerdings würde Gregoire kaum interessieren. Maurice fürchtete das Messer, den Stock oder am Ende gar die Maschinenpistole. Aber nichts dergleichen. Gregoire wirkte ausgesprochen mild gestimmt. Er senkte den Blick. „Wir haben Juju verloren", sagte er dann wie als müsste er sich das noch einmal vor Augen führen. „Ja", stammelte Maurice benommen. Dann hob Gregoire die Stimme. „Und dafür sollen sie bezahlen!" Er schrie, er tobte, all sein Zorn bahnte sich nun einen brutalen Weg an die Oberfläche. Er hatte *sie* gesagt. Das hatte Maurice genau vernommen. Es machte ihm zwar Angst, dass die Spirale der Gewalt weiter angeheizt werden sollte, aber es schien als wäre er selbst aus der Schusslinie. Er hatte nicht *du* gesagt. Gregoire deutete mit zitterndem Finger auf Maurice. „Du läufst los und bewachst das Dorf", sagte er nun. „Ich gebe dir Speed mit, ihr macht das. Und wenn dort alles schläft, gibst du Bescheid! Dann kommen wir und beenden den Spuk dort ein für allemal." Gregoire wirkte klar und deutlich und dennoch klang seine Stimme etwas belegt. Maurice nickte nur. Er hasste die Situation jetzt schon. Es würde wieder Tote geben, unschuldige Menschen würden sterben müssen. Wieder würde Blut in den vom Regen aufgeweichten Boden einsickern und stummer Zeuge werden des sinnlosen Wahns. Gregoire drückte Maurice ein Funkgerät in die Hand. „Geh nun!"

Langsam lief Maurice an den beiden Zwischenbossen vorbei. Einer grinste argwöhnisch, ganz so als würde es ihm Freude bereiten, wenn es Maurice schlecht ging. Er hatte den *Neuen* von Anfang misstrauisch beäugt. Wenn einer freiwillig zur Truppe kam, dann wollte er Karriere machen. Und für einen Zwischenboss, der selbst nach oben wollte, waren solche Kerle natürlich immer gefährlich. Aber Maurice wollte nicht Karriere machen, er wollte die Welt sehen, Möglichkeiten erkunden. Er hatte es einfach nur gehasst, in seinem Weiler zu hocken und keine Perspektive zu haben. Die Perspektive in der Rebellentruppe ging ihm aber mittlerweile gewaltig gegen den Strich, er empfand sie als Bedrohung seiner Existenz. Ja, Maurice hatte seine Lektion gelernt. Hier gab es nicht nur das idealistische Abenteuer. Hier gab es Schmerz, Einsamkeit und den eisernen Geschmack von Blut. Es gab wenig Essbares, es stank nach Scheiße und Kotze und Schweiß und es gab Missgunst allüberall. Das hasste er inzwischen ganz furchtbar. Dort waren bis auf Speed und Laurent keine Menschen, denen er halbwegs vertrauen konnte. Auch Juju hatte er nicht blind vertraut. Sie hatte es gut gemeint, aber sie war doch eine, die gut mit Gregoire und den anderen Widerlingen auskommen wollte. Aber Juju war tot. Ihr Tod sollte am Ende noch mit dafür sorgen, dass Gregoire aus dem Lager verschwinden würde. Zusammen mit dem Interview Gregoires für die beiden französischen Reporter. Aber diese Entwicklung konnte man im Lager zu diesem Zeitpunkt noch nicht erahnen.

Speed war wie gelähmt. Mit Juju hatte er seine Ersatzmutter verloren. Er sprach erst einmal kein Wort mit Maurice, aber aus seinen Augen sprachen Bände. Es war für Speed sonnenklar, dass der Freund nicht richtig aufgepasst hatte im Lager. Und so schlimm waren Maurice' Verletzungen sicher nicht mehr gewesen, als dass man nicht mit einer Knarre diese Wahnsinnigen aus dem Dorf hätte verjagen können.

„Ich lege jeden einzelnen aus diesem Dreckskaff um!", rief er außerhalb des Camps, nachdem sie sich auf den Weg gemacht hatten um Gregoires Mission zu erfüllen. Maurice schwieg. Er hatte andere Sorgen. Er wollte das nicht mehr mitmachen. Aus dem tollkühnen Draufgänger, der nach Goma wollte um von dort aus die Welt zu erobern, war ein ruhiger, junger Mann geworden, der lieber zweimal nachdachte, was er wollte. Aber das würde in seinem Dorf auch niemanden mehr interessieren. Sie würden ihn schlagen, vierteilen und in den Dschungel werfen, so sehr mussten sie ihn hassen für all das, was er getan hatte. Er hatte Laurent aus dem Dorf gezerrt, ihn in das Lager bringen lassen. Er war nun auch ein Soldat. Aber einer mit einem tiefen Loch in der Kinderseele. Armer Laurent! Und jetzt wollte Gregoire auch noch ein weiteres Dorf zerstören. Hatten sie nicht schon Unheil in so viele Weiler ringsum gebracht? Für militärische Erfolge, die niemand sah und von denen nur die Bosse faselten…

Die beiden jungen Burschen liefen schweigend nebeneinanderher. Die Stiefel blieben ab und an im Morast stecken. Der Regen der letzten Stunden hatte den Boden aufgeweicht. Es klebte Schlamm und Matsch an den Füßen. Aber es war blutiger Schlamm, der seine tödlichen Spuren da durchs Feld zog. Maurice hasste den Auftrag. Er hielt das Funkgerät umklammert. Es knackte und Gregoire meldete sich. „Wie weit seid ihr?“, fragte er. Maurice gab leise Antwort: „In der Nähe des Dorfes gleich“, sagte er fast hauchend. Das stimmte nicht, sie hatten noch ein gutes Stück vor sich, vielleicht zwanzig Minuten den Hügel hinab und auf der anderen Seite wieder bergauf. Aber Maurice hatte keine Lust, sich mit Gregoire auseinanderzusetzen. „Gut", kratzte der durchs Funkgerät. „Ihr meldet euch und pass auf den Kleinen auf. Du hast genug Schande über uns gebracht, Maurice!" Es klang bedrohlich. Aber Maurice hatte sich ohnehin gewundert, dass Gregoires Reaktion insgesamt so milde ausgefallen war. Er hatte eigentlich mit seinem Ende gerechnet. Dankbar war er Gregoire für diese Milde aber dennoch nicht.

Speed schaute Maurice fragend an. „Wir sind doch noch gar nicht in der Nähe des Dorfes!", sagte er mit gepresster Stimme. „Ich hab keinen Bock auf Gespräche mit ihm", gab Maurice trocken zurück. „Na dann", zeigte sich Speed zufrieden, der nach Mitteln und Wegen suchte, sein Leid über den Verlust der geliebten Juju zu lindern. Einmal nahm er einen Stein und schleuderte ihn weit in den Urwald. Dann trat er fest gegen einen Wurzelstock, sodass der Fuß im Stiefel bitter schmerzte. Ein paar Schritte später fauchte er Maurice wütend an: „Wir killen diese Arschlöcher später, jedes einzelne, ja?" Still hauchte Maurice ihm entgegen: „So, wie sie Juju erledigt haben." Dann atmete er tief aus und seufzte. Denn er dachte an etwas ganz anderes. Er wollte niemanden *killen*.

Maurice hatte einen Plan gesponnen. Er wollte fort aus diesem Camp. Aber würden sie ihn erwischen, nachdem er fortgelaufen war, gäbe es nicht nur Schläge und Gebrüll. Gregoire würde ihn umbringen (lassen). Und ohne Laurent wollte Maurice auch nicht fort. Er musste den Jungen schützen. Zurück ins Dorf. Das war eine Möglichkeit. Aber würden dann die Zwischenbosse nicht mit ihrem klapperigen Militärlastwagen angefahren kommen und das Dorf bis auf den letzten Rest einer Hütte niederbrennen? Maurice konnte doch nicht auch noch für das elendige Aus eines weiteren Dorfes verantwortlich sein. Er musste mit Laurent an einen anderen Ort fliehen. Aber dazu mussten sie überhaupt die Chance bekommen, auszureißen. Maurice hatte das Gefühl, dass das nur in den nächsten ein, zwei Tagen geschehen konnte, solange das Camp noch in Aufruhr war und die ruhige Hand Jujus fehlte. Solange, die Trauer vorherrschte und man Rache nehmen wollte bei den Dörflern. Gregoire würde einige Zeit brauchen, den Verlust zu verkraften. Er würde beschäftigt sein, seinen Rachefeldzug zu planen. Aber die sollte misslingen, auch dafür wollte Maurice irgendwie sorgen. Nicht, weil er Gregoire so hasste - auch deswegen, aber nicht nur deswegen. Er wollte einfach seine innere Ruhe finden. Das Lager kotzte ihn an. Es war ein Schrecken ohne Ende dort. Die Leute waren ständig unzufrieden, das Blutvergießen störte alle Seelen. Eine bleischwere Traurigkeit war täglich und überall zu spüren, nur gab man es nicht zu und spülte die schwere Last mit billigem Schnaps fort.

Speed ging forsch voran. „Eil dich nicht so", sagte Maurice. „Aber was, wenn die in diesem Dorf den nächsten Angriff auf uns planen?" Maurice hielt inne, zog Luft in seine Lungen. „Ach, Quatsch", sagte er dann streng, „die haben den Arsch voll, weil sie ahnen, dass wir kommen werden", ergänzte er dann nachdenklich.

Die beiden näherten sich nun dem Weiler von der Seite des dichten Urwaldes aus. Es gab eine kleine Piste, die steil bergan ging und zur Straße nach Goma führte. Von dort aus mussten dann Gregoire und die anderen Rebellen kommen, wenn sie einen der Militärlaster nehmen würden.

Nach einer weiteren knappen halben Stunde durch den Bergwald bergauf erreichten die beiden Jungs das Dorf. Es schien dort geschäftig zuzugehen. Überall eilten die Frauen vor den Hütten umher und Maurice erfasste die Situation ebenso schnell wie Speed. Aber beide zogen völlig andere Schlüsse. „Die hauen ab", zeigte sich Speed enttäuscht. Der Kleinere der beiden hatte einen Elan entwickelt, der Maurice ganz und gar nicht gefiel. Um Juju zu rächen, sollte Blut fließen. Nichts anderes hatte der Junge in seinem Leben im Lager gelernt. Fürsorge und menschliche Nähe waren auf die seltsamen Momente mit Juju reduziert gewesen. Seltsamen waren sie, weil Juju zwar immer streng und unnahbar geblieben war und dennoch für Speed von so enormer Bedeutung, dass ihr Tod nun eine dramatisch tiefe mit Wut kaum zu füllende Wunde in seinem Herzen hinterlassen hatte. Ach, wollte doch diese Wunde mit all den Rachegedanken geheilt werden! Aber dem würde nicht so sein, das wusste der etwas ältere Maurice. Er war froh, dass die Menschen im Dorf zu fliehen schienen. Wenn sie niemanden mehr erreichen würden, brannten zwar vielleicht Hütten und Ställe, aber es musste nicht schon wieder der Regen mühsam das Blut aus den Poren eines Dorfplatzes waschen.

Maurice wusste noch nicht, wie er nun Speed beschäftigen konnte. „Gregoire hat gesagt, wir sollen warten und vermelden, wenn alles ruhig ist im Dorf", sagte er und kauerte sich hinter einen Verschlag, der am hintersten Ende des Dorfs errichtet worden war - dort, wo der dichte Wald begann. „Aber, wenn wir warten, bis es ruhig ist, sind die alle fort und wir erwischen niemanden mehr." Speed begriff in diesem Moment, dass Maurice genau das wollte. Er ruderte verärgert mit den Händen. Fast wollte er laut losschreien. „Bist du verrückt, du Idiot?" Er verstummte aber. Der Schmerz am Fuß war augenblicklich sehr groß. Maurice war ihm mit voller Wucht mit den schweren Stiefeln auf den Fuß gestiegen. „Wirst du deine Klappe halten", fuhr er ihn leise an. Er zog den Jüngeren hinter den Verschlag und duckte sich tief auf den Boden. „Wenn du hier so herum plärrst, dann finden sie uns und das ist weder in deinem, noch in meinem Sinne." Speed schluckte den Schmerz herunter und setzte sich nun neben Maurice.

Er versuchte, den Älteren aus der Reserve zu locken. „Du willst sie wirklich entkommen lassen? Aber warum? Sie haben Juju auf dem Gewissen."

„Das stimmt schon", gab Maurice zurück, fügte aber entschlossen ein klares *Aber* an. „Aber wir haben

155

vieles auf dem Gewissen. Wie oft hat dieses Dorf in den letzten Jahren unter uns gelitten?"

„Was heißt gelitten? Wir brauchten ihre Unterstützung im Kampf gegen die Regierung."

„Ach, Speed", sagte Maurice sehr leise und es klang nun auch sehr erwachsen.

„Weißt du, die Regierung fordert von ihnen genau dieselbe Unterstützung wie wir es tun. Und wenn sie nicht bereit sind, zu geben, was wir wollen, gibt es Feuer und Blut. Und wenn sie nicht bereit sind, der Regierung zu geben, was die von ihnen verlangt, gibt es wieder Feuer und neuerlich fließt Blut." Speed schwieg eine Weile. „Ich kann diese Leute verstehen, Speed", fügte Maurice dann noch unmissverständlich hinzu.

„Aber sie haben Juju getötet", sagte der Junge nun fast schluchzend, um seine Einstellung zu rechtfertigen.

„Und nun werden wir ihre Söhne und Töchter töten. Werden Müttern die Kinder rauben oder Kindern die Väter und Mütter. Was soll das bringen?"

Speed erkannte Maurice nicht wieder. War das der Maurice, der ins Lager kam um voller Tatendrang den Weg nach Goma zu erobern? Er war tatsächlich ein Verräter geworden. Womöglich hatten die Zweifler in der Truppe doch recht gehabt. Seine Mission in seinem eigenen Dorf hat er schließlich auch nicht ordentlich umgesetzt. Maurice war womöglich ein Schwächling, das dachte sich Speed in diesem Moment kurz. Tief im Inneren aber hatte er Zweifel, denn der oberflächliche Gedanke wurde von einer düsteren Wolke der Erkenntnis bedenkt. Er hielt in der Tasche seiner Uniformjacke den Griff seines Messers dennoch fest umklammert. Er presste die Hand starr darum. Würde es Sinn machen, Maurice einfach aus dem Weg zu räumen? War er dafür stark genug? Irgendwas ließ ihn erneut zweifeln. Die Wut in ihm war sicherlich stark genug. Alles schrie nach Rache für diesen sinnlosen Tod *seiner* Juju. Es ging ihm hier ähnlich wie Gregoire. Aber Maurice und ihn verband auch einiges. Sie hatten gute Tage im Camp gehabt. Bis dieser kleine Laurent aufgetaucht war. Bis der alles zerstört hatte. Dieser verstörte, den Mund nicht aufbringen wollende Kleine, den man zu nichts gebrauchen konnte. Er war auch noch viel zu klein. Aber Maurice kümmerte sich um ihn. Brachte ihm immer gesondert etwas zu essen, sprach mit ihm wie sein großer Bruder. Schützte ihn in der Dunkelheit der Nacht. Speed fühlte Eifersucht.

Wieder griff Speed nach dem Messer, drehte es sachte im Innern der Tasche. Einfach zustechen und den Anderen aus dem Weg räumen. Ein kräftiger Stich würde vermutlich alles erledigen. Er konnte Gregoire melden, dass in dem Weiler hier alle drauf und dran waren, zu fliehen. Dann hätten sie im Camp noch genug Zeit, einzugreifen und das Dorf auszulöschen, bevor die Mörder von Juju verschwunden waren. Sie würden ihn vielleicht sogar loben, dass er Maurice ausgeschaltet hatte. Die Sache mit dem Verrat war sehr glaubwürdig.

„Wenn du mich erstichst, bringt das gar nichts", sagte Maurice da auf einmal seelenruhig. Und Speed erschrak. Maurice hatte seine Gedanken erahnt und den Griff in der Hand erkannt. Das traf Speed arg. Eigentlich wollte er seinem Gefährten ja nicht wirklich Schaden zufügen. Im Grunde mochte er Maurice doch. Es war schier die Verzweiflung, die den Jungen antrieb.

Und noch einmal erkannte Maurice die Gedanken des Jüngeren. „Weißt du, ich hab das Gefühl, seit Laurent im Camp ist, gehst du mir aus dem Weg. Kann das sein?" Speed hatte das Gefühl gehabt, dass es genau andersrum gewesen war. „Nein, nein. Seit der Knirps im Lager ist, gehst *du mir* aus dem Weg", erwiderte er und betonte das *Du Mir* ganz besonders lang. „Das stimmt nicht", sagte da Maurice. „Ich fühle mich Laurent gegenüber aber schuldig, daher helfe ich ihm so gut es in der Scheiße eben geht. Der Zwischenboss wollte damals, dass ich unbedingt jemanden aus meinem Dorf ins Lager mitschleppe. Laurent war der einfachste Griff, du warst dabei. Aber er ist ein so zurückhaltender Junge. Weißt du, er hat Sehnsucht nach seiner *Maman* und vergeht fast vor Heimweh." Speed hielt inne. Er verstand sehr wohl, aber er konnte das Gefühl nicht teilen, weil er Waise war und weil seine *Maman* Juju gewesen war. Zumindest etwas Ähnliches. Außerdem hatten Laurent und Speed sich anfangs auch sehr gut verstanden. Speed und er waren doch eigentlich Verbündete?

Maurice deutete auf das Dorf. Dort machten sich die ersten Leute auf den Weg. „Lass sie laufen", sagte Maurice zu Speed, da er das Gefühl hatte, den Jungen nun geknackt zu haben. Die harte Schale entpuppte sich nun als weicher und er wusste um den sanften Kern in Speed.

„Ich will nicht ohne Juju im Lager sein", sagte Speed auf einmal und fing an zu weinen. Er heulte wie ein kleines Kind. Er heulte wie ein Kind, das er ja noch war und verbarg die Hände im Gesicht, um vor Maurice nicht zu zeigen, wie beschissen es ihm ging. Er musste ja von jeher zeigen, dass er stark war. Stark mit einer Knarre in der Hand, stark als Mitglied der Rebellengruppe. Eisern im Umgang mit den Dorfbewohnern. Er hatte gelernt, zu frieren in der Nacht. Zu hungern tagsüber. Zu zittern im Angesicht von Waffen und doch stark zu bleiben dabei. Schon als Kind!

„Wir schaffen das gemeinsam", sagte Maurice da. „Gemeinsam, ja", nickte Speed und schluchzte. „Was heißt das schon … schaffen es gemeinsam? Was sollen wir schaffen? Willst du Gregoire umnieten und selbst Chief im Lager werden?"

Maurice schüttelte energisch den Kopf. „Nein, nein, Speed! Weißt du, warum ich zur Truppe gestoßen bin?", fragte er ihn. „Naja, darüber hatten wir uns ja mehrfach unterhalten. Du wolltest nach Goma." Maurice nickte. Dahin wollte er und er wollte dabei *cool* sein, aber auch clever und es zu etwas bringen. Er wollte nicht morden und Unglück über andere bringen. Daher musste er nun weg und er musste den kleinen Laurent zurückbringen zu seinen Eltern und Geschwistern.

„Wir schaffen den Absprung aus dem Lager", sagte er zu Speed leise. Der riss die Augen auf. „Niemals, denk an Odette!", rief er fast so laut, dass man ihn im Dorf hätte hören können. Aber der Wald und die Farne, die Bretterverschläge der ersten Häuser verschluckten seinen Ausruf glücklicherweise. Die Menschen in dem Weiler waren mittlerweile dabei, aufzubrechen.

„Was funken wir jetzt ins Lager?", fragte Speed besorgt. Er hatte Angst, große Schwierigkeiten zu bekommen, wenn Gregoire und die Zwischenbosse Wind davon bekämen, dass er Maurice - den man ja ohnehin für einen halben Verräter hielt - deckte bei dessen Vorhaben. Aber das Vorhaben war in diesem Fall ein ehrliches Spiel um Leben und Tod und es war ein brutal gefährliches Spiel ums eigene Leben. Das begriff Speed sofort.

„Wir sagen Gregoire, dass das Dorf verlassen ist", meinte Maurice. „Das stimmt aber doch nicht." Speed war unschlüssig. Er war sich nicht sicher, ob er gerade das Richtige tat. Eben noch war er ein glühender Verfechter der Idee, Jujus Tod zu rächen. Er hatte angefangen, Maurice nicht mehr leiden zu können. Wegen Laurent. Ja, das stimmte. Aber Maurice war clever genug, er hatte ihn durchschaut. „Aber es stimmt in ein paar Minuten; du siehst doch, dass sie alle davonlaufen." Und tatsächlich konnte man in dem kleinen Weiler nun einen großen Auszug beobachten. Speed begann ein Gefühl der Überlegenheit zu entwickeln. Es war in seiner und Maurice' Hand, ob diese Menschen mit dem Leben davonkommen sollten. Und tatsächlich fühlte es sich auf einmal sogar gut an, sich als Herr über das Leben zu geben, als den Herrn über den Tod zu spielen. Es gab ihm ein Gefühl der Freiheit.

„Gib her", sagte er zu Maurice und deutete auf das Funkgerät. Maurice hatte Angst, Speed könnte ihm im letzten Moment doch noch in den Rücken fallen und Gregoire sagen, dass das Dorf sich nur langsam leerte und die Soldaten sofort los müssten, wenn sie noch Rache üben wollten. Speed aber würde womöglich das Messer zücken, wenn Maurice ihm das Funkgerät nicht gab. Außerdem hatte er das Gefühl, dass der Junge in der kurzen Zeit - in diesen kurzen Momenten! - seine Meinung komplett geändert hatte. Also gab Maurice dem Jüngeren das Funkgerät heraus.

Speed drückte die Sprechtaste. „Gregoire!", rief er. Es dauerte eine Weile, bis Antwort kam. „Gregoire", wiederholte Speed deutlich. Maurice wartete in der Zwischenzeit mit pochendem Herzen auf das kommende Gespräch. Er fühlte, dass für ihn das ganze Leben am seidenen Faden dieser kurzen Konversation hängen könnte - und Laurents damit.

„Speed?", ertönte es krächzend durch das Funkgerät. „Wo ist Maurice verdammt, Speed? Wo steckt der feige Kerl denn?" Maurice zitterte, als er die markdurchdringende Stimme Gregoires vernahm und wusste, warum er so Angst hatte. Das alles hatte schon seinen guten Grund. Er fuchtelte wild mit den Armen herum, ruderte sie von links nach rechts und hatte selbst keine Ahnung, was er damit ausdrücken wollte. Speed blieb in diesem Augenblick viel gelassener. „Gregoire, hörst du?", sagte er, als hätte er den Boss anfangs nicht ganz verstanden. Er sagte es, um etwas Zeit zu gewinnen. Kurz dachte er nach. „Wo Maurice ist, will ich wissen, der hatte das Funkgerät doch", brüllte Gregoire bestimmend. „Maurice ist ins Dorf geschlichen. Hier ist alles ausgestorben. Die haben scheinbar die Flucht ergriffen. Maurice checkt die Lage. Sieht nach, ob wir noch jemanden finden könnten. Vielleicht erledigt er ein paar Alte und Kranke gleich selbst." Das klang sehr brutal und zu allem entschlossen. Damit aber war der gebeutelte Gregoire zufrieden. „Merde", klapperte es französisch über das Funkgerät, „wenn alle fort sind, dann kriegen wir die nie mehr. In diesen Tagen sind überall Flüchtlinge unterwegs auf den Hauptstraßen. Da erwischen wir gewiss die Falschen." Speed dachte nach und zuckte mit den Schultern. Er starrte Maurice an. Der hatte auch keinen Rat, was Speed nun sagen konnte. Aber glücklicherweise übernahm nun Gregoire das Reden: „Wenn Maurice wieder bei dir ist, wartet nicht mehr zu lange, kommt zurück ins Camp. Verstanden?"

Dass Gregoire nun keine Rache nehmen konnte für den sinnlosen Tod von Juju, machte ihn aggressiv und gereizt. Maurice war dabei nun doch noch sein Opfer. Denn ihm gab er eine gehörige Mitschuld an ihrem Tod. Maurice war im Camp gewesen, er hatte sie zu beschützen gehabt. Fertig, aus! Es herrschte eine seltsam ruhige Anspannung im Camp. Die drei Zwischenbosse erhielten allerlei Anweisungen, fuhren mal mit einem Trupp dahin, mal dorthin. Aber Maurice hatte keine Ahnung, was ihre Missionen waren. Er wurde von Gregoire zum Küchendienst verdonnert, musste die Gewehre reinigen und hatte das Camp nicht mehr zu verlassen. „Du hast die Dorfbewohner nicht aufgehalten", wetterte Gregoire täglich aufs Neue. „Das hatte er auch nicht gekonnt, die waren ja schon irgendwohin fort, als wir dort ankamen", nahm ihn Speed seltsam deutlich in Schutz. Laurent weinte viel, saß nachts still im Zelt und wollte nur noch fort. „Wir gehen", sagte Maurice in aller Stille zu ihm. „Wir gehen, aber wir dürfen unser Leben dabei nicht riskieren, verstehst du?" Ein ganz leises *Ja* kam von Laurent, der sich in der Zwischenzeit ganz gut mit Speed verstand. Die drei waren nun ein Team. Ein Team, das nun ein Geheimnis teilte. Jeder wusste vom anderen, dass sie fort wollten. Jeder hätte jeden hinhängen können. Aber sie schwiegen eisern und gaben sich nun gegenseitig Deckung, Halt und Kraft. Wenn Maurice wieder verdächtigt wurde, ein Verräter zu sein, sprang ihm Speed bei. Wenn Speed von einem Zwischenboss als „kleiner Feigling" beschimpft wurde, half ihm Maurice und berichtete, dass Speed heldenhaft mit ihm im Dorf nach den letzten Zurückgebliebenen gesucht habe und keine Furcht kenne. Und wenn irgendwer im Lager davon sprach, dem kindlichen Jammerlappen nun endlich zu zeigen, was ein echter Mann sei, dann sprangen beide, Maurice wie Speed, Laurent bei und verteidigten das *Kind*.

Aber einen konkreten Plan gab es noch keinen, wie sie es schaffen wollten, aus dem Camp zu entkommen. Vor allem hatten sie alle unterschiedliche Vorstellung vom Danach. Während der Älteste, Maurice, hin- und hergerissen war, stand für Laurent sonnenklar fest, wohin es für ihn gehen würde: Nach Hause zurück zu seiner *Maman* und dem Rest der Familie. Maurice aber war ja von dort ausgerissen, um sein Abenteuer in Goma zu suchen. Ein neues Leben, das hatte er gewollt! Glanz und Reichtum, das war sein zerschellter Traum gewesen. Das schnelle Leben, Dollars, hübsche Mädchen, schicke Anzüge, einen Aktenkoffer. Davon hatte er geträumt. Aber war das immer noch das, was er erstrebte? Er konnte sich eine Rückkehr in sein Dorf mittlerweile durchaus vorstellen. Aber dort würden sie ihn wohl kaum mit offenen Armen empfangen. Er war einfach so aus dem Elternhaus gegangen, ohne Lebewohl zu sagen. Nur der Schwester, ach, der lieben Schwester, bezeugte er die Zuneigung kurz vor dem Verschwinden. Und dann hatte er sich diesen Schergen angeschlossen, die mit Waffengewalt stahlen, was die Dörfer hergaben. Er war einer von diesen Typen geworden, die die Weiler ausquetschten wie eine Zitrone.

Die Rebellen waren gefürchtet in allen Dörfern. Sie raubten, sie brandschatzten, nahmen sich die Frauen und stahlen die Kinder für ihre Armee. Und wenn sie die Kleinen nicht einfach mitnahmen, dann nutzten sie die Armut der Leute aus und kauften sie für wenig Geld. Wie Sklaven einst. Und Maurice hatte das eigene Dorf überfallen. Er kommandierte einen fiesen Angriff auf sein eigenes Zuhause. Mit pochendem Herzen und schlechtem Gewissen zwar, aber er hatte es getan und die Leute im Dorf waren alle Zeugen seiner Untat. Er hatte es zu verantworten, dass Laurent nun hier saß und Tag für Tag bittere Tränen nach seiner geliebten Mutter vergoss. Wenn Laurents Mutter doch nur wenigstens sehen konnte, wie ehrlich er sich nun um den Kleinen kümmerte. Wie sehr er doch bereute! Wie arg auch er litt! Wenn die Leute in seinem Dorf doch nur wüssten, dass er sich den Überfall auf den Weiler nicht selbst ausgedacht hatte. Und wenn sie ihm dann glauben könnten, dass er unter Druck stand, die Zwischenbosse immer im Kragen, dann würden sie ihn vielleicht zurückkehren lassen.

Die Zwischenbosse lauerten doch nur darauf, dass er einen Fehler machte. Etwas, das ihn als Verräter entlarvte. Aber was würde geschehen, wenn er zurückkehrte? Diese Frage hatte er sich in den letzten Tagen immer und immer wieder gestellt. Würden ihn die Leute in seinem Dorf nicht sogleich erschlagen, musste Maurice damit rechnen, dass Gregoire und seine Truppe in den Ort kamen um nach ihm, dem Verräter, zu suchen. Sie würden kommen, erst ihn umbringen und das Dorf auslöschen. Wenn er aber nicht im Weiler war, wenn die Rebellen kämen, hätten sie eine Chance, den Zwischenbossen und Gregoire zu erklären, dass Maurice - das miese, feige Schwein - nie wieder aufgetaucht sei. Vielleicht hatten seine Leute im Weiler so eine Chance. Vielleicht...

Speed hatte keine Pläne. Wohin zurück? Vater und Mutter lebten nicht mehr. Die Erinnerung an die Zeit vor dem Camp verblassten zusehends.

Abends, wenn es still wurde im Camp, trafen sich die drei Jungs in ihrem Zelt. Sie überlegten sich dies und das. Aber sie sprachen nie direkt und laut über den Plan, abzuhauen. Immerhin waren im Zelt noch zwei andere Kindersoldaten untergebracht. Sie waren aber fremd geblieben. Maurice hatte nie echten Kontakt zu ihnen aufgebaut. Wenn er recht darüber nachdachte, dann lag das vor allem daran, dass Speed die beiden Typen nicht ausstehen konnte und Maurice vom ersten Tag an unter die Fittiche Speeds gestellt wurde, obgleich der viel jünger war als er. Und Laurent wurde nun mehr und mehr wie ein Bruder für beide. Speed und er waren manchmal Kind, manchmal viel zu sehr erwachsen. Maurice hatte sich geschworen, wenn der Plan stand, galt es Laurent erst ganz zum Ende zu informieren, denn man konnte nie wissen, ob der Jüngste nicht etwas ausplauderte. Und dass dieser Gedanke sehr wertvoll war, das sollte sich schon bald erweisen.

Es war ein heißer, stickiger Tag im Wald. Die Luft war dennoch von Nebelschwaden durchzogen. Die jungen Männer schwitzten fürchterlich in ihren Uniformen. Gregoire hatte eine neue Mission erhalten. Sie hatte etwas mit dem Krieg zu tun, den nun alle Tag für Tag beschworen. Mal schimpften sie auf die Regierung, mal auf die Amerikaner und die Franzosen. Einige lobten Ruanda für die Unterstützung, andere in den Dörfern schimpften auf das Nachbarland. So richtig blickte niemand durch, wie die Politik funktionierte und wer welches Ziel verfolgte. Die meisten Menschen wollten einfach ihre Ruhe haben und in Frieden leben.

Und die Soldaten hatten auch nur dem Diktat der Bosse zu gehorchen. Die Zwischenbosse, das spürte Maurice genau, hatten immerzu ein Auge auf ihn geworfen. Auf Schritt und Tritt wurde er beobachtet. Die Verletzungen, die ihm die Folter zugetragen hatte, waren weitgehend wieder verheilt. Der Schmerz war gelindert, der innere Schmerz der Zerrissenheit blieb ihm aber ebenso erhalten wie einige hässliche Narben als Mahnung.

Die Zwischenbosse sahen in ihm nun noch viel häufiger den Verräter aus dem Wald. Es gab nicht wenige im Camp, die Maurice heimlich still und leise oder sogar offen und lautstark dafür verantwortlich machten, dass Juju nicht mehr am Leben war. *Hätte doch richtig durchgreifen können, der Kerl!* So sahen es die einen. *Was sollte er denn tun? War weit weg in seinem Zelt als die*

Dorfmenschen kamen, selbst verletzt. So sahen es wenige andere. Maurice selbst litt wie ein Schwein. Auch er hatte Juju gemocht. Sie war gerecht gewesen. Sie hatte Speed und ihn und später dann auch Laurent immer offen und ehrlich behandelt. Sie hatte ihnen genug zu essen gegeben und hie und da ihre Trinkkanister einmal mehr aufgefüllt. Wie konnten die anderen nur glauben, Maurice hätte ihren Tod billigend in Kauf genommen? Aber waren sie dabei, als das Dorf über das Lager herfiel? Sie waren auf irgendeiner beschissenen *Mission*, die niemandem etwas brachte außer vielleicht den großen Bossen im fernen Hauptquartier. Er wollte all denen, die ihn da so angafften, die weggingen, wenn er kam, den Kritikern, Nörglern, den offen Feindseligen, all denen wollte er zurufen: *Ihr habt es nicht mitansehen müssen! Ihr habt nicht hilflos zusehen müssen, als sie sie umgebracht haben.*

Für Maurice gab es keine ruhige Minute mehr im Lager. Entweder sie ließen ihn hart arbeiten, schwer tragen, Kartoffeln schälen oder aber er musste tagelang im Zelt ausharren, weil die Bosse nicht wollten, dass er irgendwas von den Vorbereitungen für einen Einsatz mitbekam. Wie gesagt, Gregoire und die Seinen trauten ihm nicht. Und im Grunde hatten sie auch recht dabei. Aber Maurice war schlauer als die Zwischenbosse und der jähzornige Boss selbst. Er hielt seine Klappe und bereitete die Flucht ganz leise vor, still und nur für sich alleine. Ab und an ließ er Speed und Laurent teilhaben an seinen Gedankenspielen. Dabei war er sich sicher: Laurent war kein Problem. Der Junge würde nichts sagen. Laurent wollte zurück zu seiner heiß geliebten *Maman*, sie in die Arme schließen und die Wärme der familiären Geborgenheit spüren. Er litt wie ein Hund in diesem dreckigen Camp. Nur durfte auch Laurent nicht viel erfahren, denn würden sie den Kleinen foltern, würde er alles sagen.

Speed aber war eine tickende Zeitbombe, getrieben von der Angst, nirgendwo Anschluss zu finden. Auch er suchte die Geborgenheit, die Laurent so vermisste, aber Speed hatte nicht im Ansatz eine Ahnung, wo er sie finden konnte. Würde seine Stimmung gegenüber Maurice und Laurent kippen, wäre es gefährlich für die beiden aus dem Dorf.

Durfte Maurice Laurent sagen, dass sie nach einer Flucht nicht ins Dorf zurückkehren würden? Er würde den Kleinen vermutlich vollkommen verstören. Am Ende konnte dies das ganze Vorhaben noch kippen. Wer weiß denn schon, wie Laurent reagieren würde? Ich will nach Hause, darf aber nicht, Maurice hat Schuld… Ich gehe es Gregoire sagen… Nein, nein, dem galt es sicherheitshalber vorzubauen. Maurice ließ den Kleinen im Glauben daran, dass sie sich bald schon auf den Weg machen würden - zurück in ihren Weiler.

Derweilen schaffte Maurice heimlich Vorräte beiseite. Immer dann, wenn er in der Küche arbeiten musste, gelang es ihm, ein wenig in die Taschen zu stecken. Nicht viel. Nie leicht Verderbliches. Ein paar getrocknete Bohnen. Ein wenig Hirse. Dinge, die lange haltbar waren. Es durfte auch nicht zu viel sein. Niemand sollte im Zelt etwas finden und Rückschlüsse ziehen können. Aber es musste reichen, dass das Trio ein paar Tage im dichten Regenwald überleben konnte.

Dann war plötzlich der Tag gekommen. Maurice spürte, dass es die richtige Entscheidung sein würde, schnellentschlossen zu handeln. Der Plan stand ja schon lange fest. Aber es brauchte die Zeit. Er hatte die Wege rund ums Camp alle im Blick gehabt. Wo konnte man tief in den Wald hinein, wo würde man schnell ertappt? Er erinnerte sich an die Straße, an der er damals vor vielen Monaten gestanden hatte, als er ausbrechen wollte. Goma! Goma war auch jetzt sein Ziel. Aber es würde nicht von heute auf morgen gehen. Das Camp war viele Tagesmärsche von Goma entfernt. Und das Heimatdorf war auch nicht mir nichts, dir nichts zu erreichen.

Es war stockdunkel draußen, aber es peitschte ein ekelhafter Wind durch den Wald. Der Regen prasselte gegen die Zeltplanen. Die Feuer waren ausgegangen und alle Soldaten und die Frauen, die im Lager lebten, hatten sich längst in die Zelte zurückgezogen. Selbst aus der Ferne, dort, wo man bis vor einer Stunde noch das Gelächter gehört hatte, war Stille eingekehrt. Gregoires Container war verstummt, das hieß, dass auch das *Headquarter* des Lagers nun schlief. Sie würden nicht an den beiden Wachen vorbeigehen, sondern tief in den Wald hinein. Langsam wälzte sich Maurice in seinem Lager etwas näher an Laurent heran. Er rüttelte das Kind vorsichtig an der Schulter, bis Laurent ihn halbwach anblickte. Es musste mittlerweile ein oder zwei Uhr in der Früh sein. „Sag mir, dass dir schlecht ist, dass du Bauchweh hast", flüsterte er Laurent ins Ohr. „Sag es leise zu mir und frag mich jetzt nicht warum!", gab er weiter als Befehl aus. „Laurent, hörst du, was ich gesagt habe", flüsterte er weiter ganz leise und darauf bedacht, dass die anderen im Zelt nichts davon mitbekamen. Laurent nickte nur, setzte sich nun im Dunkel des Zelts aufrecht hin. Man erkannte die Hand vor dem eigenen Auge kaum. „Maurice", sagte Laurent stockend, etwas zögernd, aber in diesem Moment wie ein Erwachsener alles begreifend. „Maurice", wiederholte er nun fabelhaft geschickt. Der Ältere tat, als würde er selbst gerade erst erwachen. „Was ist denn?", fragte Maurice gespielt genervt und verschlafen. „Mir ist schlecht, mein Bauch tut weh, ich muss aufs Klo", sagte er dann so laut, dass man es im Zelt verstehen konnte, aber nicht übertrieben laut. Maurice seufzte genervt. Er rüttelte Speed, der auf der anderen Seite im Zelt sein Lager hatte wach. „Speed", sagte er, „Speed, wach auf!" Der rührte sich nur langsam. Dann setzte auch er sich auf. „Was ist denn?", fragte er dann leise. „Laurent muss scheißen, dem Kleinen geht's nicht gut. Geh mit ihm raus, er hat Angst." Speed lachte fast schrill auf. „Soll das ein Witz sein?", fragte er halblaut. Aus den anderen Ecken des Zelts kamen nun Geräusche. Die beiden anderen Soldaten, mit denen das Trio so wenig zu schaffen hatte, waren nun fast wachgeworden. „Fresse halten, da vorne!", maulte einer der beiden. „Maurice", jammerte Laurent leise, aber deutlich. „Speed, was ist denn nun, gehst du mit dem kleinen Pisser raus oder nicht?", fragte Maurice, der nun so autoritär klang wie nur irgend möglich. In diesem Augenblick hatte Speed die Situation erfasst. Eine Windböe fegte durch den Wald und ließ Blechpfannen in einiger Entfernung aneinander schlagen. „Ausnahmsweise!", giftete Speed. Er zog sich rasch die Uniformjacke an. „Bei dem beschissenen Regen draußen, werden wir nass bis auf die Knochen", meckerte er Laurent an, griff in die Jacke und überprüfte, ob er sein Messer bei sich trug und fühlte auch das Feuerzeug und den Zehndollarschein, den er seit Jahren in der Tasche trug. Sein Startkapital für die Zeit in Freiheit. „Auf geht's", herrschte er Laurent an. Der Kleine schlich nun aus dem Zelt, sich gespielt vor Schmerz krümmend. Was ein genialer Spieler, dachte sich Maurice, der den Nachbarsjungen und Freund in diesem Moment am liebsten abgeklatscht hätte. Er sah durch den Spalt des Zelttuchs noch wie draußen im Wind zwei junge Gestalten in Richtung Kloake verschwanden. Es war nichts abgesprochen. Aber die beiden hatten sofort verstanden. Sie wussten, dass es an der Zeit war.

Sie setzten sich in die Nähe des stinkenden Lochs und warteten. Sie trauten sich kaum zu sprechen, das nächstgelegene Zelt war noch zu nahe. Aber der Wind sorgte für allerlei Laute, die die Stimmen verwischten. „Glaubst du, wir sollen alleine fort?", fragte Laurent den etwas Älteren. Speed schüttelte den Kopf. „Ich denke, er kommt bald. Er wird leise ins Zelt murmeln, dass wir ihm zu lange schon fort sind und dass er nachsehen müsste.

Dann wird er kommen und wir hören uns an, was Maurice vorhat.

Genauso geschah es. Maurice wartete fast eine Viertelstunde, ehe er gespielt verärgert rum meckerte, dass es das doch nicht geben könnte. „Wie lange braucht der denn zum Scheißen?", flüsterte er in die Stille des Zelts hinein. Er hatte die Essensvorräte in den Taschen verteilt und hielt den Wasserkanister dicht am Bein, sodass ihn die beiden anderen niemals hätten sehen können in dieser stockfinsteren Nacht. Sie murmelten etwas von wegen: „Der kleine Pisser scheißt sich halt in die Hosen bei dem Sturm." Aber Maurice gab nicht nach: „Das dauert mir zu lange. Ich gehen nachsehen." Er blieb leise und der Plan ging auf. Die beiden anderen Soldaten wurden nicht richtig wach. Sie drehten sich müde um, grunzten friedlich weiter, während Maurice strammen Schrittes durch den peitschenden Regen in Richtung Latrinenloch stapfte. Waffe hatten sie keine dabei, das fiel ihm nun auf. Aber er konnte kein Gewehr klauen. Sie mussten es jeden Abend nach ihren Missionen wieder abgeben. Von daher wäre es viel zu gefährlich, sich ein Gewehr zu stehlen. Die Waffen waren in der Nähe von Gregoires Container am Eingang des Camps. Dort, wo die Wachen waren. Also musste es ohne Waffe gehen. Bald schon erreichte Maurice die beiden anderen. „Wir dachten schon, du kommst gar nicht mehr", sagte Speed fast ein wenig verächtlich. „Schnell, schnell", mahnte Maurice. „Ich weiß nicht, wie lange die beiden Schnarcher in unserem Zelt brauchen, bis sie kapieren, dass wir getürmt sind. Dann wird die Hölle los sein im Lager."

Sie liefen - besser: sie stolperten - in die Dunkelheit der Nacht hinein. Immer tiefer in den düsteren Wald. Der grässliche Wind und der peitschende Regen verschluckten das Knacken der Äste, das Raunen der Lianen, wenn sie sie brachen und die Feuchtigkeit vom Himmel drang nicht nur in jede Pore ihrer Kleidung, sondern verwischte auch die Spuren auf dem Boden.

Speed war gut zu Fuß. Auch Maurice ließ sich nicht anmerken, dass ihn der Rücken nach einer gewissen Zeit doch noch immer etwas schmerzte. Aber beide merkten nach einigem Abstand zum Lager, dass Laurent nicht lange mehr allzu lange durchhalten würde - vor allem nicht das hohe Tempo. Maurice drosselte es etwas und sie gingen nun etwas weniger schnell dem Sonnenaufgang entgegen. „Weißt du, wo wir hinlaufen?", fragte Laurent unvermittelt. „Klar, Kleiner, mach dir keine Sorgen", tat Maurice vollkommen sicher. Grob ahnte er, dass die Richtung stimmte, um irgendwann an die große Straße zu kommen. Aber wenn er richtig gelegen hätte, hätte das Trio längst die Straße erreichen müssen. Was Maurice nicht wusste, sie waren in einem großen Bogen vom Camp fortgelaufen und befanden sich nun in weitem Abstand parallel neben der Straße nach Norden.

Die Sonne bahnte sich allmählich einen brüchigen Weg durch die Wolkendecke und sandte ihr Funkeln durch die Regentropfen an den Wäldern. Der Regen hatte aufgehört und die drei jungen Soldaten, die nun Ex-Rebellen waren, kamen wieder etwas schneller voran - auch wenn ihnen die Füße schmerzten und die Kleidung noch immer an Bauch und Rücken feucht klebte.

„Haben wir etwas zu essen", wollte Speed wissen. „Ja", sagte Maurice kurz und knapp. „Aber", fügte er dann bedeutungsvoll hinzu und machte eine Pause: „Wir wissen nicht, wie lange wir unterwegs sein werden, bis wir es geschafft haben, Gregoires Suchtrupps wirklich entkommen zu sein. Wir haben den einen Trinkkanister voll Wasser." Er deutete auf den kleinen Kanister, der über seiner Schulter baumelte wie ein Rucksack. „Und ich habe etwas zu essen in den Taschen. Bohnen und Mais, etwas Hirse. Nicht mehr. Und vor allem nicht viel." Er erklärte den beiden Jüngeren dann, dass sie das Wasser aus den großen Blättern trinken würden und zusehen mussten, im Wald etwas Essbares zu finden. Außerdem hoffte Maurice, dass sie im Laufe der nächsten Stunden auf ein Dorf treffen würden. Dort wollte er sich aufhalten bis es wieder Nacht wurde. Dann würden sie leise in den Weiler schleichen und sich etwas zu essen besorgen. Klar, das war Diebstahl, aber es war nur, um zu überleben. Da würde der liebe Herrgott schon ein Auge zudrücken. Sie hatten alle ganz andere, schrecklichere Dinge getan während der Zeit im Camp. Jedenfalls Speed und Maurice. Laurent hatten sie nicht brauchen können für diese Einsätze und das war auch gut so, denn dem Jüngsten blieb so erspart zu sehen, wie Blut in lehmige Erde sickerte und erst verschwand, wenn Regen es auswusch.

Die beiden anderen jungen Burschen, die noch im Zelt bei Maurice und Speed und Laurent schliefen, wurden erst wieder wach, als sich das Lager auf die Beine machte und der Morgenappell anstand. Dann allerdings bemerkten sie sofort, dass die drei Soldaten fehlten, aber es war ihnen im Grunde völlig egal. Sie hatten mit den seltsamen Gestalten ohnehin nichts am Hut gehabt. Das *Baby*, so nannten sie Laurent, war kein rechter Soldat, sondern ein Jammerlappen in viel zu großer Uniform. Und der Älteste war mit Vorsicht zu genießen. Sie hatten von Gregoire und den Zwischenbossen den Auftrag bekommen, sich von Maurice fernzuhalten, aber trotzdem genau hinzuhören, ob er nicht vielleicht Übles im Schilde führte. Dazu gehörte es auch, ihn zu beobachten. Aber sie hatten die Tage zuvor nichts Ungewöhnliches bemerkt. Maurice hielt die Klappe. „Der redet nicht viel", hatte einer der beiden einem Zwischenboss berichtet. „Behaltet ihn aber im Auge", hatte der Zwischenboss damals gemahnt. Sie rätselten nun kurz, was es zu tun galt. Einer, ein fetter Kerl, der nachts grässlich schnarchen konnte, meinte: „Wenn die Drei weg sind, sind sie weg." Ja, das war auch die Haltung des anderen Kameraden. Aber und das war dann auch das Entscheidende: Waren Maurice und sein Gefolge verschwunden und berichteten die zwei anderen aus dem Zelt nicht augenblicklich, würden sie selbst jede Menge Ärger von Gregoire und den Zwischenbossen bekommen. Das war sonnenklar. Also taten sie sehr aufgebracht, als sie beide gespielt außer Atem am Container eintrafen.

„Die drei anderen Typen aus unserem Zelt sind fort", hechelte der Fette, der tatsächlich außer Atem war, so wie er immer außer Atem war, wenn er vom Zelt zum Sammelplatz zu gehen hatte. „Wer?", fragte ein Zwischenboss. Der Fette japste einmal kräftig nach Luft und war dann wieder gefasst, was er ja im Grunde die ganze Zeit schon war. „Na, Maurice und die beiden Kinder." Der Zwischenboss nickte kurz und blickte die beiden Rebellensoldaten kritisch an. „Seit wann?" Nun wurde beiden klar, dass die drei wohl getürmt waren, als es in der Nacht den heftigen Sturm gegeben hatte und Maurice zur Latrine los wollte, weil Laurent… und so weiter und so fort. Sie erinnerten sich wieder. Wollten sie das aber zugeben? „Keine Ahnung", sagte der Fette wieder und ließ dem Kollegen keine Chance, eine andere Version zu präsentieren. „Wir sind heute Morgen aufgewacht und das Trio war fort."

„Nichts gehört heute Nacht?", fragte der Zwischenboss argwöhnisch.

„Nichts", log nun der zweite junge Mann aus dem Zelt.

„War ja auch mächtig windig", ergänzte der dicke Soldat fast schon verräterisch.

„Wartet!"

„Jawohl!", japsten die beiden wie aus einer Kehle.

Der Zwischenboss ging in den Container hinein und man hörte ihn mit Gregoire sprechen. Dann kam Gregoire aus dem Container gestürmt. Seine Halsschlagader pulsierte regelrecht. „Dieser elendigliche Bastard", rief er und brüllte den Fetten an. „Warum habt ihr das zugelassen, ihr Schwachköpfe?" Die zwei senkten die Köpfe, spürten, dass es eng würde und sagten nichts. Keiner getraute sich, irgendwelche Ausflüchte zu präsentieren.

„Es war so windig, wir haben nichts gehört", wagte sich dann der Fette trotzdem aus der Deckung.

Beim Morgenappell spürten alle, dass eine seltsame Anspannung über dem Lager lag. Nicht nur, dass der nächtliche Sturm den Platz mit allerlei Reisig verunreinigt hatte und ein, zwei gebrochene Äste von den größeren Bäumen hingen. Die Bosse waren angespannt und sauer. Gregoire plärrte ungehalten jeden an, der ihm ungefragt in die Quere kam. Nachdem er die üblichen Durchhalteparolen losgeworden war, alle wieder wussten, warum sie eigentlich im Camp waren, welche Aufgaben es zu erledigen gab und wo der verhasste Feind zu suchen war, knöpfte sich Gregoire die drei Getürmten vor.

„Maurice, dieser grässliche Verräter, ist heute Nacht davongelaufen. Er hat Speed und Laurent, den Kleinen, bei sich. Ich kann mir nicht ansatzweise vorstellen, dass Speed freiwillig mit ihm gekommen sein soll." *Der arme Speed*, raunte es da durch die Reihen. Dass sie irrten, das kam keinem der Rebellen in den Sinn. Sie glaubten fest daran, dass Maurice Speed mehr oder weniger gezwungen hatte, ihm zu folgen. Speed war doch mit Leib und Seele ein Rebellensoldat gewesen. Sonnenklar,

179

dass Maurice ihn nur mit Gewalt dazu gebracht haben konnte, den beiden ins Verderben zu folgen. Dafür sollte vor allem Maurice büßen. Es war allen bewusst, dass Gregoire ihn mit dem Leben bezahlen ließe.

„Wo würdet ihr hin, wenn ihr hier weglauft?", fragte Gregoire etwas provokativ und bereute die Frage sofort. „Abgesehen davon, dass von euch keiner auf so eine bescheuerte Idee kommen würde!", schob er ziemlich schnell einschränkend hinterher. Wieder raunte es durch die Reihen: *in mein Dorf zurück!* Da steckte soviel Ehrlichkeit in den Aussagen, dass einem Außenstehenden sofort aufgefallen wäre, wie groß die Sehnsucht nach dem Zuhause bei den meisten hier im Lager war. Aber die Soldaten im Camp waren so sehr mit dem Krieg und dem Überleben beschäftigt, dass sie für philosophische Fragen wie „Warum bin ich eigentlich hier?" keine Zeit hatten.

Dass Maurice cleverer war als die meisten der Rebellensoldaten hier, stand außer Zweifel und das wusste auch Gregoire. Aber auch für ihn stand außer Zweifel, dass Maurice mit Speed und Laurent in sein Dorf zurückkehren würde. Gregoire dachte nicht um die Ecke und dachte vor allem nicht daran, dass Maurice genau dieses Szenario im Kopf ein paar Dutzend Mal durchgespielt hatte. Er war sich einfach nur sicher: Maurice geht nach Hause.

Man stellte also einen Trupp Soldaten zusammen, der sich alsbald aufmachen sollte, in Maurice' Dorf nach dem Schurken zu suchen und ihn dann... ein für alle mal zu eliminieren. Auch daran bestand kein Zweifel. Wer Gregoire so behandelt, der wird umgelegt, öffentlichkeitswirksam um Nachahmer abzuschrecken.

Aber Maurice war klüger gewesen. Er hatte sich genau ausgerechnet, wie lange sie brauchen würden, bis sie im Dorf angelangt wären und er hatte eine Sache getan, die er niemandem erzählt hatte. Nicht Laurent, nicht Speed, niemandem. Langsam aber sich verlor der eine klapprige Militärlaster Öl, aber erst dann, wenn er mit Schwung in ein Schlagloch fahren würde. Und bereits nach ein paar hundert Metern hinter dem Lager, noch vor der Hauptstraße, kamen drei riesige Schlaglöcher, die man nicht umfahren konnte. Das wusste Maurice. Zu oft war er in den zurückliegenden Monaten diese Strecke auf der Ladefläche des Lasters mitgefahren.

Erreichte der Truck das Schlagloch würde das kleine Holzstück aus dem Loch fallen, das er zuvor erst vorsichtig hineingestoßen hatte. Damit war klar, dass der Laster nicht schon im Camp Öl verlieren würde, sondern erst unterwegs. Der Plan musste einfach aufgehen. Dann würden sie noch ein paar Kilometer fahren können und schon war die Fahrt zuende. So, davon ging Maurice aus, gewannen er und seine beiden Freunde wertvolle Stunden.

Tatsächlich geschah auch genau dies. Der marode Camouflage-Laster dröhnte krachend durch den Busch, angetrieben vom verärgerten Gregoire. Nach rund dreihundert Metern ratterte er zum ersten mal in ein knöcheltiefes Schlagloch. Die Soldaten und der Zwischenboss wurden kräftig durchgeschüttelt. Gregoire saß selbst am Steuer und fluchte lautstark. Dann fuhr er erst einmal sehr langsam weiter. Zack! Das zweite Schlagloch, nur ein paar Meter weiter, breit wie die Straße, tief genug um erneut den Wagen ordentlich zu erschüttern. Dann, beim dritten Schlagloch, war es soweit, das Holzstückchen flog heraus und landete unbemerkt auf dem Weg, sofort trat das Öl aus.

Maurice war sich sicher gewesen, dass das Leck groß genug sein würde, dass die Soldaten nicht mehr allzu weit kommen sollten. Aber er hatte den Öltank auch nicht komplett zerstören wollen, sonst wäre der Lastwagen ja bereits im Lager ausgefallen. Man hätte Maurice womöglich sofort dafür verantwortlich gemacht und den zweiten Laster genommen. So aber konnte er die Truppe vielleicht erst einmal aufhalten.

Nach ein paar weiteren Kilometern stotterte der Motor plötzlich und Gregoire fing entsetzlich an zu fluchen. Er keuchte dabei als wäre er schwer krank, spuckte angewidert aus dem Fenster. „Alles gegen mich verschworen heute", fluchte er, als der Militärlaster schließlich gänzlich zum Stehen kam - mit einem ungesunden Ruck. Alle stiegen aus und sahen sich verdutzt um. Sie waren immerhin schon auf der Hauptstraße. Bis zu Maurice' Dorf aber waren es noch gut und gerne dreißig, vierzig Kilometer. Nur querfeldein, zu fuß, war es etwas kürzer. Gregoire nahm das Funkgerät und plärrte fast hustend einige Anweisungen in das Gerät. Er wusste, dass es sich um einen gebrauchten Tag handelte und er war sich sicher, dass es schnell gehen musste, wenn sie Maurice und die anderen Jungen noch finden wollten.

Die drei aber hatten Maurice' Plan genau umgesetzt und das war diesmal eine gute Idee gewesen. Maurice hatte gut gerechnet. Der Militärlaster lag brach mitten im Niemandsland an einer wenig befahrenen Straße. Die Rebellensoldaten konnten nun zu Fuß los oder sie mussten warten, bis jemand kam. In der Zeit würden die Ausreißer noch mehr Zeit gewinnen. Sie hatten viel Vorsprung herausgeholt. Das lag auch daran, dass die beiden Kerle in ihrem Zelt ausgesprochen desinteressiert gewesen waren, die drei zu verpfeifen. Hätte von den beiden einer aufmerksam aufgepasst und festgestellt, dass die Kameraden nicht von der Latrine zurückkamen, wäre es sicherlich kritisch geworden. So aber waren einige Stunden verstrichen, die Maurice, Speed und Laurent über Stock und Stein durch den Regen laufen konnten, ohne dass im Lager einer ihr Verschwinden bemerkt hatte.

In der Ferne erkannten Speed und Maurice einen Weiler. Er lag abseits der Straße in einer Senke, so wie das kleine Dorf von Maurice und Laurent auch. Aber der winzige Ort hier war noch kleiner. Die Hütten gruppierten sich um einen Platz, ein paar Ställe und Viehweiden abseits. Mehr war nicht zu erkennen. „Sollen wir da hin?", frage Speed vorsichtig. Maurice überlegte, war dann aber einverstanden. „Wir sind ehrlich, oder?", fragte Laurent vorsichtig nach. „Ja", nickte Maurice, „das sind wir. Es macht am meisten Sinn." Und nachdem der Jugendliche die Orientierung verloren hatte und nicht genau wusste, wo er sich befand, machte es durchaus Sinn, die Leute in diesem Weiler nach seinem eigenen Dorf zu fragen. „Ihr bleibt hier", bat er Speed und Laurent. In Speeds Gesicht erkannte er Enttäuschung. „Pass auf, Freund", sagte er dann. „Ich weiß nicht, ob die Leute da freundlich gesinnt sind oder uns sofort vertreiben, uns beschießen oder was auch immer. Wir haben noch unsere Rebellenuniformen an. Man weiß ja nie. Ich möchte, dass du dich um Laurent kümmerst, OK?" Laurent war etwas beleidigt.

„Ich kann schon auf mich selbst aufpassen."

„Lass es gut sein", sagte Speed zu Laurent.

„Maurice will nicht, dass uns etwas passiert."

„Richtig", meinte der Älteste fast sanftmütig.

„Und vielleicht müssen wir ihn sogar rausholen, wenn es Probleme gibt", fügte Speed an.

Dann duckten sich die beiden Jüngeren hinter einen mit Moos umzogenen Baum und warteten ab. Maurice wanderte weiter in Richtung des Weilers. Er erkannte Männer, die arbeitend am Feldrand standen. Bald schon wirkte es so, als würden sie ihn feindselig anstarren. Aber konnten das Speed und Laurent aus der Entfernung wirklich richtig einschätzen? Die Männer hatten ihre Arbeit niedergelegt und standen nun zu viert quer auf dem Trampelpfad, der zum Dorf führte. Sie sperrten Maurice den Weg ab. Der hatte die Situation richtig eingeschätzt und auch er schien den Eindruck gewonnen zu haben, als würden die Männer des Weilers alles andere als begeistert sein über seinen Besuch. So reckte er also bereits gut zwanzig Meter vor ihnen die Hände über den Kopf zum Zeichen seiner Friedfertigkeit. Dann sagte er laut und deutlich: „Ich grüße euch. Bitte denkt nicht, dass ich euch angreifen wollte oder für eine Rebellengruppe spioniere. Lasst mich kurz mit euch reden."

Da wandten sich die Männer zueinander und schienen sich zu beraten. Alsbald kamen sie auf Maurice zu und einer, nicht der Älteste, aber wohl der Kräftigste reichte Maurice die Hand. „Was möchtest du?", fragte er erstaunlich freundlich, ganz so als hätte dieser Weiler noch keine allzu schlechten Erfahrungen gesammelt mit den unterschiedlichen Rebellentruppen dieses Landes. Aber in Wahrheit waren diese Männer hier einfach genauso ängstlich wie Maurice und die beiden anderen in ihrem Versteck. Die Dorfbewohner hatten Riesenangst, sie könnten von den Rebellen in eine Falle gelockt werden. Wo waren die anderen? Wie viele waren es? Was wollten sie diesmal haben? Denn auch in ihrem Weiler gab es kaum mehr etwas zu holen. Der *Scheißkrieg* hatte die ganze Gegend lahmgelegt und das schon seit so vielen Jahren. Jede Ernte mussten sie teilen mit den gierigen Soldaten der einzelnen Truppen. Und wenn sie nicht gaben, was gefordert wurde, gab es Rache und Vergeltung.

185

Und wenn sie ihnen gaben, was sie wollten, kam die Armee der Regierung und warf ihnen vor, mit illegalen Rebellen zu kooperieren. Die Menschen in diesen Dörfern hatten einfach die Schnauze voll von all diesem Irrsinn. Aber den jungen Mann hier einfach zu ignorieren, das war auch keine wirklich gute Idee.

Maurice begann zu sprechen. Er sprach langsam, bedacht, klar und für seine Verhältnisse klang das alles sehr bescheiden. „Meine Freunde und ich sind aus einem Lager ausgerissen. Wir wollten zurück in unser Dorf. Einer von uns hat keine Eltern mehr, weiß gar nicht mehr richtig, in welches Dorf er gehen müsste." Dann nannte Maurice seinen und Laurents Weiler, bat um etwas Wasser und erzählte noch ein wenig vom Leben im Lager. Die Männer begannen, ihm aufmerksam zu lauschen. Es war ihnen nun klar, dass da einer sprach, der wirklich ausgerissen war und nicht eine Riesentäuschung ablief.

Nach ein paar weiteren Erklärungen winkte Maurice die beiden anderen Jungs zu sich. Und so wagten sich Speed und Laurent aus der Deckung, kamen hinter dem dichten Grün hervor und standen müde und abgekämpft vor den Männern. Die gaben den drei ehemaligen Soldaten dann zu trinken und zu essen. Gierig schlangen alle drei die Früchte in sich hinein, die man ihnen reichte. Welch Festmahl! Langsam fiel die Anspannung ab, aber nur für eine kurze Weile, denn sie wussten, dass die Rebellen sie suchen würden.

Maurice hatte mit den Männern die Entfernung zu seinem eigenen Dorf erörtert und wusste nun, wohin sie gehen mussten, wenn sie rasch dorthin wollten. Sie waren noch immer einen halben Tag Fußmarsch von zu Hause fort. Das hieß, sie durften keine Zeit verlieren und mussten sofort wieder los. Die Männer bedankten sich bei ihnen. Speed sah sie fragend an. Waren es nicht die drei jungen Burschen, die sich bei den Männern für die Gastfreundschaft bedanken mussten? Die Dorfbauern aber waren so froh gewesen, dass die drei Jungs in ihren zerschlissenen Uniformen weder geschossen, noch mit Messern zugestochen hatten, sodass sie ihnen dankbar dafür waren.

Noch während Speed und Laurent hastig das Essen in sich hineinschlangen, begann Maurice ein Gespräch über den besten Weg durch das Dickicht des Waldes. Er wollte in sein Dorf zurück. Er wollte nach Hause. Er musste doch so vieles klarstellen. Seine Schwester. Der Kummer! Die Mutter. Die Sorge! Der Vater. Der Hass? Und die Familie von Laurent… Es war der Mut der Verzweiflung. *Ich hab euch euer Kind genommen, ich bringe es euch wieder zurück.* Das waren Maurice' Gedanken in den vergangenen Wochen gewesen und nun hatte er es fast geschafft. Die Aussicht auf diese Wiedergutmachung gab ihm Antrieb. Mit einem stechenden Schmerz im Rücken, der ihn immer noch an die Pein erinnerte, die er durchlitten hatte, machte er weiter.

Die tote Juju auf dem Boden - dieses Bild hatte sich mit so viel Abscheu und Ekel eingebrannt in sein tiefstes Inneres, dass er um jeden Preis entkommen musste. Und er war entkommen, zusammen mit seinen beiden Freunden. Sie würden sich nicht mehr verlieren. *Scheiß' auf das Abenteuer*, hatte sich Maurice gesagt, das ist es nicht wert. Und ein Abenteuer war das ohnehin nicht gewesen, was er da im Camp erlebt hatte. Es war das Leid, es war der Hass, es war die Gewalt, die ihn Tag für Tag an den Rand des Wahnsinns trieben.

Die Nacht hatte fast vollständig das Sagen er-
langt, als die drei Jungs müde und erschöpft ihr Dorf erreicht hatten. Die Hinweise der Männer aus dem Weiler
waren sehr hilfreich gewesen und Maurice führte seine
beiden Freunde direkt nach Hause - auch wenn es für
Speed natürlich kein Zuhause war.

Auch wenn sie nun daheim waren, galt es äußerst
vorsichtig zu sein. Zwar war sich Maurice sicher, dass
Gregoire, wenn er nicht doch schon untertags hier gewesen war, nachts nicht auftauchen würde, doch wollte er
kein Risiko eingehen, sich und die beiden anderen zu ge-
fährden. Er vermutete, dass die Ölpanne den Männern
viel Zeit gekostet haben dürfte und glaubte, dass Gregoire
sie dann wieder zurück ins Camp geführt haben würde.
Aber für den nächsten Tag stand die Attacke sicherlich
bevor und davor galt es seine Leute nun zu warnen.

Aber dies war nicht die einzige Gefahr. Er musste
sich darauf einstellen, dass man ihn im Dorf mit offener
Feindseligkeit empfing. Er war davongelaufen als neun-
malkluger Naseweis, den viele mieden, weil er aufschneiderisch gewesen war, das Leben im Dorf zu öde
fand, von Goma und dem schnellen Geld geträumt hatte.
Er hatte durch seine Mitgliedschaft in der Rebellen-Truppe allen Kredit im Weiler verspielt. Vor allem natürlich,
weil er das Dorf verraten hatte, seine Eltern, seine Nachbarn, die vielen Bekannten und in erster Linie natürlich
Laurents Familie. Er kämpfte mit den Tränen, dachte er

daran, was er den Menschen in seinem Dorf angetan hatte.

Es brannten überall kleine Feuer. Er hörte gedämpfte Stimmen. Keine Ahnung, wie spät es geworden war, aber noch schliefen die Menschen nicht. Maurice schlich sich langsam ans Dorf heran. Laurent und Speed blieben im Dickicht der Bäume und Sträucher etwas abseits zurück. Irgendwo zischte es im Unterholz. Zweige knackten. Maurice war sich nicht sicher, ob es gut war, sich wie ein Eindringling anzuschleichen. Würden sie ihn dann nicht viel schneller angreifen? Es fühlte sich nicht richtig an. Es war sein Dorf und er musste geradestehen für die begangenen Taten der vergangenen Monate. Die erste Hürde war genommen. Er hatte das Lager aufgegeben und war geflohen, zudem brachte er Laurent lebend und äußerlich unversehrt zurück. Die zweite Hürde waren nun die Menschen im Dorf. Sie musste er überzeugen, dass er ein anderer Maurice geworden war, der nicht mehr prahlen wollte mit seinem Leben im Camp oder mit der Vorstellung in Goma ein reicher Mann zu werden. Er musste die Dorfältesten dazu bringen, ihm zuzuhören und ihn nicht sofort zu erschlagen aus Zorn über all seine Missetaten. Oder auch aus Angst davor, von ihm in eine brutale Falle gelockt zu werden.

Maurice trat einen Schritt zurück und zog sich dann auf den schmalen Pfad hinauf, der direkt ins Dorf führte. So schlich er sich nicht mehr an wie es ein Rebellensoldat gelernt hatte. Er kam aufrechten Haupts und geradewegs ins Dorf gelaufen. Die Menschen würden ihn sehen können, sobald er vom Schein der ersten Feuerstellen erfasst wurde.

Er versuchte gar nicht erst, keine Geräusche zu machen, lief scharrend und schlurfend über den staubigen Weg. Es gab keinen Grund mehr, sich zu verstecken. Hunger hatte er schon wieder. Und Durst. Vor allem einen schrecklichen Durst. Aber das hatte er im Camp gelernt: die eigenen Bedürfnisse galt es stets zu unterdrücken. Er hatte an diesem Tag schon etwas gegessen und getrunken. Das musste vorerst reichen.

„Da!", sagte ein Mann an einem der Feuer plötzlich. Es war Laurents Vater. „Da ist doch jemand!", rief er erneut aus und deutete mit dem Finger aufgeregt in Richtung des Wegs. Nun entdeckten auch die anderen Frauen und Männer die Schattengestalt, die langsam aber zielstrebig dem Dorf entgegenkam. „Halt", rief einer der Dorfältesten und einige Männer sprangen auf um dem Eindringling entgegen zu gehen. „Halt!", wiederholte nun ein anderer Mann streng. Maurice machte noch sieben langsame Schritte auf die Behausungen zu. Er kannte alles. Es war sein Zuhause und doch fühlte sich alles schrecklich fremd an für ihn.

Man konnte Maurice noch nicht genau ausmachen, aber seine Umrisse wurden von den ersten Feuern erfasst. „Ich bin es, Maurice", rief er laut und mit kräftiger Stimme, auch wenn sein Innerstes ach so viele zittrige Tränen hätte ausschütten wollen. „Bringt mich nicht sofort um, ich muss mit euch reden, bitte", sagte er klar und deutlich.

Nun herrschte ein wildes Durcheinander im Dorf. Die Reaktionen waren sehr gemischt. Noch trat keiner auf den Weg hinaus um Maurice den Weg abzuschneiden. Ein Mann, es war einer der Dorfältesten, griff nach einer Fackel und leuchtete in Richtung des Wegs. Drei andere Männer nutzten ihre Handys als Lampen. „Er ist's wirklich", schnauzte eine Frau in Richtung Maurice' Elternhaus. „Der braucht nie wieder hier aufzutauchen", sagte Maurice' Vater, der nun auch vor seinem Haus stand und noch irgendwelche abendlichen Arbeiten verrichtet hatte. „Das ist nicht mehr mein Sohn", fügte er fast angewidert teilnahmslos an. Maurice verstand in der Entfernung glücklicherweise kaum ein Wort von dem, was da gesprochen wurde. Er rief erneut: „Ich muss mit euch reden, bitte bringt mich nicht um!" Diesmal zitterte die Stimme und die Aufregung konnte nicht mehr verborgen werden.

Es war Laurents Vater, der dann das Wort ergriff. „Er soll herkommen. Vielleicht weiß er, wo Laurent ist, vielleicht lebt er noch." Auch das verstand Maurice nicht. Aber er sah, dass die Männer vor den Hütten zu gestikulieren begannen und ihre Schatten zitterten im Feuerschein. Dann rief einer zu ihm laut herüber: „Komm schon, Maurice!" Langsam setzte der Jugendliche Schritt vor Schritt, schob sich behutsam immer näher an die Wohnbehausungen heran. Durfte er den Männern aus seinem Dorf trauen? Hatten sie im Umkehrschluss nicht ebenso viel Angst vor ihm? Womöglich war das alles eine Falle und die Rebellen würden den kurzen Moment des Gesprächs zwischen den Männern aus dem Weiler und Maurice nutzen, um einen Überfall zu starten. Die Frauen kamen nun auch aufgeregt herbeigelaufen. Sie alle schnatterten wild gestikulierend durcheinander. Dass der verlorene Sohn wieder aufgetaucht war, machte in Windeseile die Runde im kleinen Weiler. Und mit einem Mal stand Maurice in der Mitte des Dorfes auf dem kleinen Platz, den er früher für seine Streiche genutzt hatte. Die Tränen rannen ihm über die Wangen. Der coole Typ, der groß und stark sein wollte, war in diesem Moment klein und schwach. Als er die geliebte Schwester in den Armen hielt, gab es kein Halten mehr, er war eben doch anders geworden. Sie war aus der Hütte gekrochen, als sie den Lärm und das Getuschel vor der Behausung gehört hatte. *Hast du gehört, Maurice ist wieder da!* Sie lief so schnell sie konnte auf den Dorfplatz und da hatte sie ihn gesehen. Etwas dünner als zuvor, deutlich erwachsener als noch vor Monaten. Ihr Bruder. Sie weinte nicht, aber er und das überzeugte nun auch den ein oder anderen der Männer im Dorf.

„So, Maurice, sprich!", herrschte ihn nun einer der Dorfältesten an. „Warum bist du plötzlich hier aufgetaucht?", bohrte ein anderer nach und Maurice' Vater brachte nichts weiter hervor als immer wieder halb gemurmelt, halb verständlich zu sagen: „Mein Sohn, er traut sich zurück ins Dorf, allmächtiger Gott stehe uns bei."

„Dieses Camp hat uns fast getötet", stammelte Maurice.

„Wer ist wir?", fragte einer.

„Laurent, Speed und mich, aber auch die anderen sterben dort jeden Tag ein kleines Bisschen", erklärte Maurice.

„Sie schlagen dich, verprügeln dich und zwingen dich, ekelhafte Dinge zu tun. Aber Laurent haben sie in Ruhe gelassen. Sie nannten ihn bébé, das Baby", fügte er an.

„Wo ist er?", fragte Laurents Vater besorgt, aber eindringlich.

„Wahrscheinlich beobachtet er uns gerade", erklärte Maurice sanft und zeigte in den Wald - weit in die Dunkelheit hinaus. Dann erhob er sich und stellte sich auf einen kleinen Holzpflock im Boden, der eigentlich dazu diente, Rinder kurzzeitig anzupflocken. Er streckte sich und winkte in Richtung des dunklen Waldes, dort wo er Speed und Laurent allein gelassen hatte. Er machte Gesten und zeigte so Speed und Laurent an, dass sie kommen konnten.

„Er ist hier?", fragte Laurents Vater erstaunt.

„Es war von der ersten Sekunde an mein Ziel, ihn bald wieder gesund nach Hause zu führen. Ich wollte euch euren Sohn niemals entziehen, aber sie hatten gedroht uns alle zu töten und mich als erstes, würden wir nicht mit neuen Soldaten ins Camp zurückkehren. Es tut mir alles so wahnsinnig leid, es hätte niemals passieren dürfen."

Wieder liefen Tränen über Maurice' Gesicht und der sonst so starke Jugendliche fühlte sich plötzlich schwach und müde und klein. „Ich kann euch jetzt nicht alles erzählen. Aber ich bin gekommen, um euch zu warnen." Als er anfing, die Geschichte der Flucht aus dem Camp zu erzählen, kamen Speed und Laurent auf den Dorfplatz. Müde und erschöpft sahen die beiden Jungen aus, aber sie waren dem Lager entkommen und frei. „Laurent, Laurent", schrie sein Vater und auch *Maman* war hinzugeeilt.

Da lagen sie sich alle in den Armen. Es wurde gedrückt und willkommen geheißen. Laurent war ganz das kleine Kind in diesem Moment. So wie er es war, als er im Camp ankam. Aber dass sie ihn alle das Baby - *bébé* - nannten sollte nicht darüber hinwegtäuschen, dass dieser kleine, scheinbar so schwache Junge mit den dunklen, treuen Augen in Wahrheit ziemlich stark und durchsetzungsfähig geworden war. Maurice hatte etwas von ihm gelernt. Nicht umgekehrt (vielleicht auch umgekehrt, aber sicher nicht im gleichen Ausmaß). Standhaftigkeit, Ehrlichkeit und Treue und zäh war er, der kleine Laurent.

Maurice stand nun etwas verloren auf dem Dorfplatz und sah mit Freude - mit ehrlicher und innig empfundener Freude -, dass Laurents Familie wieder zusammenfand. Sein Glück hatte er eben schon gespürt, als er seine Schwester im Arm hielt und auch Vater und Mutter kamen und sich in Vaters Blick der Hass etwas löste und Maurice langsam eine Regung erkannte, die wie Vergebung aussah. Nun aber war er der Große, der vermeintlich Starke. Er wandte sich also den Männern im Dorf zu: „Das ist Speed, er hat keine Familie mehr, lebte schon ewig im Camp. Aber auch er hat es nicht mehr ausgehalten. Laurent und ich sind seine Familie geworden. Speed gehört zu uns." Nun begrüßten die Männer und Frauen, die anderen Kinder im Dorf auch den Dritten im Bunde, herzten ihn und hießen Speed willkommen. Bald schon aber setzte Maurice seine Erzählung fort, denn er wusste, es blieb viel zu wenig Zeit.

„Gregoire, das ist der Boss im Camp... Er war es anfangs nicht, aber er hatte Kontakte nach ganz oben und hat den eigentlichen Boss absetzen lassen, um selbst an die Macht zu kommen. Gregoire ist ein fieser Kerl, ein mieses Arschloch, so einfach. Er drangsaliert alle, er setzt die Zwischenbosse unter Druck. Er lässt verprügeln, er ..."

Da stockte Maurice und beließ es dabei. Die Leute im Dorf wussten, was Maurice noch alles sagen wollte. Sie nickten ihm stumm zu. „Dieser Gregoire hat Schuld daran, dass ich euch Laurent genommen hab und nun denkt er sicherlich, er müsste uns drei wiederhaben um uns zu bestrafen. Wir gelten in seinen Augen als sein persönliches Eigentum. Er wird kommen und uns holen wollen. Er ist dumm. Zu dumm um zu kapieren, dass nur ein Volltrottel sich ihm so ausliefern würde. Er ist dumm genug um nicht zu verstehen, dass auch er keinerlei Macht hat, denn er wird von den Obersten nur benutzt." Der Dorfälteste verstand sofort.

„Der Typ wird also seine Leute in unser Dorf hetzen und nach euch suchen?", fragte einer der Männer sicherheitshalber noch einmal nach.

„So ist es", antwortete Maurice kurz und knapp.

„Und was, wenn er euch nicht findet?", fragte der Alte, obwohl er die Antwort schon erahnte.

„Wird er sich holen, was er finden kann."

„Wir müssen also fort?", fragte der Dorfälteste noch einmal nach.

„Richtig und zwar möglichst schnell."

„Mit euch?", fragte eine Frau aus dem Hintergrund. Es war Laurents *Maman*. „Nein", sagte Maurice mit kräftiger Stimme und sehr bestimmt. „Ich denke, das ist zu gefährlich. Speed, Laurent und ich gehen woanders hin. Wenn die Lage sich beruhigt hat, schicke ich euch Laurent sofort ins Dorf. Ich bin alt genug um zu sehen, ob es Sinn macht, wiederzukommen. Ich hab' euch zu viel angetan. Wenn sie Laurent irgendwo erkennen, werden sie alle um ihn herum abstrafen, er wäre nicht sicher und ihr auch nicht. Aber ich gebe Acht auf ihn!"

Maurice' Mutter weinte in diesem Moment und der Vater erkannte, dass sein Sohn erwachsen geworden

197

war. „Vergebe dir der große Gott alle Schuld, mein Sohn", rief er aus. „Du versuchst uns vor schrecklichem Leid zu bewahren, das ehrt dich sehr, auch wenn du es warst, der dieses Leid erst losgetreten hat", sagte der Dorfälteste. Dann gab er Anweisungen und nahm Maurice still beiseite. Woher er wisse, dass dieser Gregoire kommen würde und warum er dann nicht schon lange da gewesen war? Maurice erzählte nun die Geschichte von der angebohrten Ölleitung und der Dorfälteste nickte verschmitzt. „Du bist ein kluger junger Mann geworden, früher hattest du deine Schläue nur meist falsch eingesetzt. Du wirst deinen Weg gehen, Maurice, da bin ich mir sicher. Der Allmächtige wird ihn dir weisen, sicher, ganz sicher und er wird dich irgendwann auch zurück zu uns führen."

Sie waren sofort alle sehr eifrig. Das einst so friedliche Dorfleben war nun massiv in Gefahr. Ein paar Mal schon waren die Rebellen gekommen. Zu Anfang waren sie zufrieden mit Lebensmitteln und etwas Geld. Einmal klauten sie - besser: erpressten sie bei vorgehaltenen Waffen - ein Rindvieh. Dann war lange Ruhe. Laurent hatte sein ganzes Lebens nichts davon mitbekommen und als das mit der Kuh geschehen war, war Maurice noch ein kleiner Bub. Der schlimmste Überfall ging dann eben von Maurice aus. Dass man Laurent aus dem Dorf gezerrt hatte, es ließ das Herz der Frauen und Männer bluten und viele taten sich sehr schwer, Maurice zu vergeben. Aber die Dorfältesten hatten erkannt, dass der junge Mann den Kleinen zurückgebracht und das Dorf nun vorgewarnt hatte. Außerdem glaubten sie ihm, dass er Laurent nicht aus dem Dorf entführen wollte, dass er selbst unter großem Druck gelitten hatte.

Und so packten sie nun alle an. Nahmen ihr wichtigstes Hab und Gut beiseite, führten in stockdunkler Nacht die Rinder in den Wald, verpackten das bisschen Geld, das sie besaßen in ihre löchrigen Taschen, nahmen die Papiere und Dokumente, die sie für später noch zu brauchen glaubten, an sich und dann machten sie sich im Fackelschein auf den Weg ins Ungewiss.

Maurice, Speed und Laurent - alle drei vollkommen übermüdet - liefen Seite an Seite mit ihren Verwandten, Nachbarn und Freunden. Für Speed war es auf einmal eine große Familie geworden. Alle nahmen den Jungen sofort herzlich auf - auch wenn er ein Rebellensoldat gewesen war. Das berührte ihn sehr, denn er wusste genau, dass er es damals war, der Laurent aus der Menge gezerrt hatte um ihn mit ins Lager zu nehmen. Auch Maurice wusste das, aber es spielte nun keine Rolle mehr. Sie waren geläutert, hatten mit den Soldaten und all dem Machtgehabe nichts mehr zu tun. Jetzt galt es, Leben zu bewahren und die Leute friedlich in Sicherheit zu bringen.

Im fahlen Lichtschein der Fackeln und den Lampen einiger Mobiltelefone bahnte sich das Dorf einen Weg durchs Dickicht. Wäre der Anlass nicht ein trauriger gewesen - und auch fehlten die Lobpreisungen - hätte man den Zug für eine feierliche, religiöse Prozession halten können. Aber der Allmächtige schien seine schützende Hand nur halbherzig über den kleinen Weiler gehalten zu haben. Immerhin hat er ihnen Maurice geschickt, der sie warnen konnte und mit Gottes Gnade galt es schließlich nicht zu hadern.

Maurice sprach mit den Dorfältesten. Zwei alte Frauen und drei Männer waren zurückgeblieben. Einer von ihnen war zu krank um sich auf den Weg zu machen und die beiden anderen wollten sich im Dickicht des Waldes rund um das Dorf aufhalten um auf die Rinder aufzupassen. Sie hatten eines der wenigen Mobiltelefone des Dorfes bei sich, mit dem sie die anderen anrufen konnten, falls Gregoires Mannen anrückten.

Wohin die Menschen sollten, wie lange sie fortbleiben mussten, das wussten sie nicht. Das war etwas, was die Alten nun von Maurice und Speed wissen wollten. „Du kennst diesen Gregoire", sagte einer, „du musst doch wissen, ob er wiederkommen wird." Maurice schüttelte den Kopf. Er wusste es nicht. Es hing von so vielen Faktoren ab, was passieren würde. Der Krieg hatte kein Gesetz, das einer vorhersehbaren Logik folgte. Kam es zu irgendwelchen Einsätzen, die das Hauptquartier befahl, galt es, die ganze Kraft darauf zu verwenden, dann spielte die Rache an Maurice keine große Rolle mehr. Wollte die Truppe nicht Goma einnehmen? Aber wenn diese wichtigen militärischen Rebellenziele außerhalb der Durchführbarkeit lagen, wenn das Hauptquartier Stillhalten als

Parole ausgab, dann kehrte bald Langeweile im Camp ein. Dann würde Gregoire nach Aufgaben für die jungen Soldaten suchen. Dann würden die Zwischenbosse eine Legitimation ihrer halbherzigen Macht verlangen. *Gebt uns eine Aufgabe, damit wir die Kleinen drangsalieren können!* Sie würden es nicht so sagen, aber so würde es ablaufen, so wie all die anderen Male zuvor. Dann würden sie sich auch nach Wochen noch an Maurice, den Verräter erinnern und sich auf den Weg machen.

Wenn es ihnen an Nahrung mangelte, würden sie die umliegenden Dörfer ausplündern. Wenn das Hauptquartier nach Männern und Frauen für militärische Operationen dürstete, würden sie in den Weilern weitere Kinder stehlen oder für einen kleinen Obolus den hungernden Frauen abkaufen. Ja, so einfach und grausam war die Logik des Krieges. Dann aber würde bestimmt genug Zeit sein, sich an Maurice und seine Freunde zu erinnern. Er würde bis dahin bestimmt in sein Dorf zurückgekehrt sein und dort ein friedliches Leben führen. Also würden sie dem Weiler einen zweiten, vielleicht auch einen dritten Besuch abstatten. Der Dorfälteste nickte, Maurice' Vermutungen klangen leider sehr vernünftig.

„Speed und ich werden eine lange Zeit fortbleiben müssen. Aber Laurent schicken wir euch, sobald ihr zurückkehren könnt", wiederholte Maurice.

„Warum wollt ihr nicht mit uns kommen?", fragte ein anderer Mann, der seitlich neben Maurice und dem

Dorfältesten unterwegs war und von Zeit zu Zeit mit seinem Handy einen fahlen Lichtschein in den stockfinsteren Dschungel warf.

„Weil diese Typen aus dem Camp mich erkennen könnten und Speed auch, dann geht es uns allen an den Kragen. Euch kennen sie nicht. So schützen wir die Dorfgemeinschaft." Der Alte stimmte zu. „Du hast viel gelernt, Maurice, du bist erwachsen geworden", sagte er langsam und bedächtig.

Als die Nacht fast vorüber war und die ersten Flüchtenden anfingen zu frösteln, kamen sie an die große Straße. Sie hatten die R529 erreicht und waren damit aber noch lange nicht am Ziel, denn: es gab keines! Wo sollte ein ganzes Dorf mit Sack und Pack denn auch hin? Zu Fuß entlang der Straße waren es bis Goma gut zweihundertdreißig Kilometer oder mindestens drei oder vier Tage, wenn nicht mehr. Sie hatten Kinder und schwächere Alte dabei. Sie mussten vorher einen Ort finden, an dem sie bleiben konnten. Maurice hatte einst im Camp gehört, dass es vor den Toren Gomas ein Lager gab, in dem Flüchtlinge unterkommen konnten. Es lag nur eine gute Stunde Fahrzeit vor den Toren Gomas und würde sicherlich alle aufnehmen können. Maurice schlug dem Dorfältesten vor, dort Schutz zu suchen und es zu versuchen. Der Dorfälteste willigte ein. Ein Lager, das von internationalen Hilfsorganisationen beschützt würde, bot sicherlich mehr Hilfe als der dichte Dschungel, wo man den Soldaten ausgeliefert war und in keinem anderen

Weiler so viele Menschen auf einmal Platz finden würden.

Für einen kurzen Moment fühlte Maurice ein bisschen Stolz in sich. Noch nie hatte er das Gefühl gehabt, dass die Dorfältesten seinen Rat schätzten oder ihn ernst nahmen. Nun aber war er derjenige, der die Welt außerhalb des Weilers kannte. Wenn auch nicht viel davon. Zudem merkte er, dass er nun die Chance haben würde, bis fast nach Goma zu kommen und die große Stadt war ja immer sein Traum gewesen.

Sie kamen ihnen entgegen. Nicht eine Familie, nicht ein paar Leute. In Scharen strebten sie den fliehenden Dorfbewohnern entgegen. „Was ist geschehen?", fragten die Ältesten. Die Antworten waren simpel wie grausam zugleich. Mord und Totschlag in allen Ecken des Landes. Für die Einwohner dieser Region war das *Land* allerdings nicht der ganze Kongo oder das, was man früher einmal Zaire nannte, für sie war das *Land* ihr Umfeld und das reichte meist nur bis Goma, etwas darüber hinaus und bis zur Grenze nach Ruanda hinüber. Überall herrsche nun Krieg, erzählten die Flüchtlinge. Überall träfen Rebellengruppen und staatliches Militär aufeinander und überall gerieten die Dörfler zwischen die Fronten. Überall käme es zu Blutvergießen und wie überall in diesen hässlichen Kriegen wurden vor allem die einfachen Menschen mit der demaskierten Fratze des Leids konfrontiert.

Wohin? In ein Lager... Der Weg versperrt, die Straße zerstört, die schmalen Pfade vermint oder aufgrund all des Schlamms unpassierbar geworden... Verzweiflung stand den Männern und Frauen ins Gesicht geschrieben. Maurice beriet mit den Dorfältesten, er war seit dem Aufbruch aus dem Dorf zu einer Art Berater der Dorfältesten aufgestiegen. Ach, wie die Rollen sich doch wandelten. Der Belächelte, gar Verhasste, der Jugendliche mit der blühenden Phantasie... Das war bevor er wiedergekommen war. Dann kam der Geächtete, der das Dorf verraten hatte, zurück. Und nun war er plötzlich ein Geachteter, der Kenntnisse hatte vom Draußen, vom Dahinter und vom Weshalb und diese Kenntnisse waren nützlich. Statt Schindluder zu betreiben und den anderen Leuten im Dorf auf die Nerven zu gehen, war Maurice nun ein junger Mann geworden, der Verantwortung übernehmen wollte und das auch konnte.

Dann war da diese eine grässliche Detonation. Dieser spitze, ohrenbetäubende Knall, der alles veränderte. Dann zerriss es den Laster. Niemand war in der Lage zu beschreiben, was da genau geschehen war, denn jeder würde seine eigene, grausame Geschichte erzählen. Und sie würde die schwarzen Momente der Ohnmacht beinhalten. Ein wildes Schreien dort, überall der ekelhafte Gestank, den niemand beschreiben konnte. Alles stob wild schreiend auseinander. Es war unweit von Maurice und den Dorfältesten geschehen. Der Wagen war langsam die Straße entlang gekommen. Er gehörte der Regierungstruppe an, war Teil des offiziellen Militärs. Und irgendwer musste aus dem Hinterhalt heraus die Bombe gezündet haben. Ob es Maurice' ehemalige Rebellentruppe war - vielleicht auf eine Anweisung aus dem Hauptquartier heraus? - oder eine andere Gruppierung, das bleibt ohne Bedeutung. Jedenfalls war es ihnen egal gewesen - um nicht schonungslos zu sagen: scheißegal -, dass auf der einen Seite der staubigen Piste hunderte Flüchtlinge in die eine Richtung unterwegs waren, während auf der anderen Seite des Bandes aus Sand und Lehm und Schlamm andere Flüchtlinge kamen, weil auch sie unterwegs waren um den Frieden zu finden. Nun fanden auf beiden Straßenseiten Menschen den Tod und Vernichtung. Als es krachte, riss Maurice den neben ihm laufenden Laurent um. Er warf ihn geistesgegenwärtig in den Graben neben dem Lehmweg. Der Junge kugelte etliche Meter hinab, riss sich dabei Arme und Beine auf und blutete sodann aus zahlreichen Wunden. Maurice selbst blieb wie durch ein Wunder unverletzt. Er war durch die zwei Dorfältesten und die Männer abgeschirmt worden, die von der anderen Seite gekommen waren, um mit ihnen zu reden. Sie alle lagen nun dort, als stumme, blutende Zeugen wie grausam und unmenschlich der Mensch war, wenn er zum Ergebnis kam, Menschlichkeit über Bord zu werfen für vermeintlich höhere und doch so ekelhaft niedrige Ziele.

Auch Speed hatte überlebt. Er war mit Laurents Mutter und drei anderen Jugendlichen weiter hinten im Tross unterwegs gewesen und suchte nun nach Maurice und Laurent.

Maurice sammelte sich. Rief nach dem Vater, suchte die Mutter, wollte zur Schwester. Er fand sie nicht im Gewimmel, im hektischen Durcheinander. Nach dem Anschlag war alles im panischen Chaos, die ganze Welt schien sich zu drehen, begann ohne Regel zu vibrieren, der Boden schien wie von Sinnen zu stampfen, doch waren es nur die bis zum letzten gereizten Herzen der Überlebenden, die scheinbar für die Toten mit schlugen. Es sei an dieser Stelle erwähnt, dass Maurice' Schwester und die Mutter überlebten, aber bei all den chaotischen Zuständen nicht mehr zu Maurice fanden. Auch Laurents Vater hatte überlebt, Maurice' Vater allerdings lag so schwer verletzt zwischen den Trümmern des Militärlasters, dass es keine Rettung mehr für ihn gab. So wie für die Soldaten auf dem LKW - die das eigentliche Ziel des Anschlags waren - und für dreiundzwanzig Männer, Frauen und Kinder, die alle irgendwo Schutz gesucht hätten. Nur wo, das hatten sie nicht gewusst. Nun hatte der angeblich so gütige Herr, den sie alle immerfort priesen in ihren Kirchen, egal ob Mörder oder Gemordete, es zugelassen, dass Unschuldige, Menschen auf der Suche nach Schutz und Sicherheit einfach so aus dem Leben gerissen wurden. Mit einem lauten Knall vernichtet... Das nährte bei vielen Zweifeln an der Größe des Allmächtigen, mit dessen Entscheidungen sie sehr zu hadern hatten.

Laurent und seine Mutter blieben zusammen. Sie machten zusammen mit den anderen einen grausam langen Fußmarsch durch. Sie kamen irgendwann vollkommen erschöpft in dem Lager an, das Maurice empfohlen hatte. Der Vater blieb verletzt an der Stelle des Geschehens zurück und wurde später von einer Hilfsorganisation nach Goma gebracht.

Maurice selbst blieb bei Speed. Sie gingen nach dem Anschlag doch gemeinsam mit einigen Männern und Frauen ins Lager. Allerdings gingen sie nicht sofort. Sie halfen am Ort des Anschlags bei der Versorgung der Verletzten. Sie halfen, die Toten zu bestatten. Im Wald, fern ihrer Heimat, ohne die Würde, die sie den Menschen gewünscht hätten. Maurice und Speed harrten bei den Verwundeten aus, bis die Rettungskräfte aus Goma am Ort des Geschehens waren. Und das dauerte einen Tag. Dann kam auch das Militär und befragte alle. Sie trauerten nicht um die Flüchtlinge, sie verzeichneten Verluste in den eigenen Reihen und wollten Rache nehmen, mussten dazu aber herausfinden, wer den Anschlag verübte. Maurice und Speed wurden auch befragt. Sie hatten noch immer ihre Rebellenuniform an und wurden daher ganz eindringlich befragt. Aber einer der Männer aus dem Dorf, der ebenfalls überlebt hatte, stand ihnen als Zeuge bei und so durften sie gehen. Die Soldaten der Regierung glaubten ihnen auch deshalb, weil sie vor Ort waren und den Verletzten halfen und den Toten ehrliche Tränen schenkten.

*

Maurice wusste lange nicht, dass seine Mutter und seine Schwester ebenfalls in dem Lager waren. Erst als eines späteren Tages, viele Monate nach dem grässlichen Anschlag, Laurent im Lager per Zufall auf Maurice' Schwester stieß, wurden auch die Freunde per Zufall wieder zusammengeführt. Wie das kam, sei später genauer erzählt. Laurent jedenfalls wurde eines Tages von seiner Mutter gebeten, zusammen mit einem Jugendlichen in die Stadt zu fahren, um dort zu sehen, ob es eine Chance gab, dort ein neues Leben zu beginnen. Das traute sie in all der Verzweiflung dem kleinen Laurent zu. Sie selbst wollte mit den anderen Frauen bleiben, um sich um die Kranken und Alten zu kümmern und um die kleinen

Babys, die ihre Eltern bei dem Anschlag verloren hatten. Sie lebten in nun Zelten, hatten nichts mehr und wollten aus Angst vor dem Militär auch nicht mehr zurück ins Dorf. Obwohl sie das zu dieser Zeit schon wieder gekonnt hätten. Auch Maurice' Mutter und Schwester lebte so in dem Lager.

Man hatte gehört, dass Goma für kurze Zeit unter die Kontrolle der Rebellen war, die Regierungsarmee aber nach und nach wieder die Stadt vereinnahmen konnten. Die Rebellen zogen sich zurück, nachdem es zu irgendwelchen Verträgen gekommen war. Aber davon verstanden sie nichts. Auch Gregoire, der mit seinen Leuten in Goma einmarschiert war, hatte keine Ahnung von dem, was ausgehandelt worden war. Er hatte keine Vorstellung von dem größeren Ganzen gehabt. Dass sie Goma nach so kurzer Zeit wieder aufgeben mussten, fühlte sich für ihn und die Zwischenbosse wie eine riesige Niederlage an. Die Zwischenbosse meuterten herum und es gab viele Meldungen nach oben. Man erzählte den Chiefs, dass Gregoire seine Leute im Camp so ganz und gar nicht im Griff hatte. Erst der Mord an Juju, den die Bosse schon an seiner Macht und Stärke zweifeln ließ, dann erfuhren sie, dass Maurice („ein Verräter und seine Kumpanen") geflohen war. Das brachte das Fass zum Überlaufen und Gregoire wurde abgesetzt. Der Alte kehrte wieder zurück und sollte das Lager abwickeln. Mancher nutzte die Gunst der Stunde und verließ die Truppe ganz. Zu diesem Zeitpunkt war das dann ganz einfach. Das Chaos überall machte es möglich. Maurice hätte nicht mehr lange durchhalten müssen. Aber das wusste er zum Zeitpunkt seiner Flucht natürlich noch nicht. Und außerdem hätte der Preis für das einfachere Aussteigen aus dem Trupp nach dem Überfall auf Goma auch sehr hoch sein können, denn nicht wenige Rebellen bezahlten den kurzzeitig siegreichen Einmarsch in Goma mit ihrem Leben. Diese Soldaten hatten dann keine Chance mehr, das Lager zu verlassen.

Bevor wir uns dem Wiedersehen von Laurent und Maurice in Goma widmen wollen, muss erzählt werden, wie Maurice und Speed in die Stadt gelangten und was sie dort erwartete.

Sie fanden sich kaum zurecht in dem Gewirr aus Straßen und Menschen. Nicht nur die Bewohner der Stadt hielten sich zu dieser Zeit in Goma auf, sondern auch tausende Flüchtlinge. Manche wollten nach Ruanda auf der anderen Seite, ein Stückchen weiter die Ufer des Kivu-Sees entlang. Aber Ruanda war bemüht, den Konflikt im Kongo von sich selbst fernzuhalten, so gut das eben ging. Die beiden Jugendlichen hatten keine Ahnung, wo sie hin sollten und wussten nur eines: Hunger und Durst würden sie leiten. Sie brauchten Arbeit und Kleidung. Immer wieder bellte man sie an, die Zeit der Rebellen sei vorüber. Die paar Tage deren Herrschaft bekamen Maurice und Speed überhaupt nicht mit, denn sie befanden sich noch im Wald auf dem Weg nach Goma. Erst kurz nach dem Sieg der Regierungsarmee erreichten sie die ersehnte Stadt. Aber das Abenteuer, das Maurice hier einst gesucht und den Reichtum, den er hier vermutet hatte, sie waren nicht zu finden in dieser gebeutelten Stadt am Kivu-See. Auf dem Markt gab es kaum etwas zu kaufen und Soldaten wachten an allen Ecken streng über jede Bewegung der Menschen.

Speed fragte einen Jungen, der an einem verfallenen Haus lehnte und in die Gegend starrte, ob er ihnen einen Hinweis geben könnte, wo sie hin sollten. „Seid ihr Soldaten einer Rebellentruppe?", fragte der Kleine etwas schüchtern. „Waren wir", entgegnete Maurice knapp. „Geht zum Roten Kreuz, die werden euch helfen", meinte der Junge dann freundlich und zeigte eine Straße entlang.

Das taten Speed und Maurice sodann. Sie suchten nach den Schildern des Roten Kreuzes und fanden ein kleineres Lager am anderen Ende der Stadt, unweit der Grenze zu Ruanda. Dort wurden sie vorstellig. Sie verstanden nichts von dem, was da gesagt wurde. Aber man begegnete ihnen freundlich und sehr zuvorkommend. Eine nette weiße Frau bat sie in einen großen Raum und ein Mann, der keine Uniform trug, aber ihre Sprache verstand, kam und setzte sich. Maurice wurde aufgefordert ihre ganze Geschichte zu erzählen. Er fing bei seinem Traum vom neuen Leben in Goma an und beendete seine Ausführungen mit dem schrecklichen Anschlag. Der Mann nickte und übersetzte der Frau, die eine Ärztin war, ins Französische. Maurice und Speed erfuhren, dass in Goma jeder wusste, welcher Anschlag gemeint war. Diese Bombe hatte es bis in die Nachrichten der Stadt geschafft. Der Mann erklärte Maurice und seinem Freund daraufhin, dass es ein Programm gäbe, das ehemaligen Kindersoldaten helfe, sich wieder in die Gesellschaft einzugliedern. Von daher könnten sie im Lager bleiben und müssten aber versprechen, sich nützlich zu machen und keine Soldaten mehr zu sein. Sie sollten auch sagen, wo ihr Camp versteckt war. Aber als sie das gefragt wurden, schwiegen Maurice und Speed. „Wollt ihr uns das nicht sagen?", übersetzte der Mann die Frage der Ärztin. Beide nickten. Dann erklärte Speed: „Wir wissen es gar nicht genau. Wir könnten euch hinführen, vielleicht, aber wir können euch von hier aus den Weg nicht genau beschreiben. Und außerdem haben wir Angst. Wir wollen nicht, dass die Zwischenbosse und Gregoire euch etwas antun oder Rache nehmen an uns und den Leuten in Maurice' Dorf." Nun wollten die Ärztin und der Mann noch viel mehr wissen. Wer war dieser Gregoire? Wo war Speeds Dorf, wenn Maurice nicht aus demselben Ort kam wie er? Wer sind diese Zwischenbosse? Vor welcher Art Rache hatten sie Angst? Die Frau faltete eine große Landkarte aus. „Da ist Goma", sagte sie und zeigte auf die Stadt am Kivu-See. „Wo ungefähr ist euer Camp?", wollte sie wissen. Der Mann, der übersetzte, kannte die Gegend gut und ihm war klar, dass es nord-westlich von Goma sein musste. Sie fuhren vorsichtig mit den Fingern über die Linien der Straßen, die verzeichnet waren, aber sie kamen nicht bis zum Ende. Maurice' Weiler war nicht eingezeichnet und noch nie hatte sich Maurice mit einer Landkarte genauer befasst. Er wusste, wo Goma lag und aus den wenigen Schulstunden, die er in seinem Leben genossen hatte, war ihm in Erinnerung geblieben, wo Kinshasa lag. Aber das war es dann auch schon.

Maurice und Speed wurden in dem Lager des Roten Kreuzes für alles mögliche eingespannt. Es gab hier so viele kleine Kinder, ohne ihre Eltern. Auch alte Frauen mit Enkelkindern. Kaum aber Männer im Erwachsenenalter. Die kämpften entweder in den Dörfern darum, dass die Rebellengruppen nicht alles niederbrannten oder sie waren bei den Rebellengruppen engagiert, vielleicht auch zur Armee gegangen. Manche arbeiteten in der Stadt und ja, zahllose Männer waren auch einfach nicht mehr am Leben.

Ein paar Wochen sollten die beiden bleiben. Aber es wurden Monate daraus. Immer wieder musste Maurice tagelang im Bett liegen. Eine Virusinfektion hatte ihm übel zugesetzt. Das Fieber ließ ihn kraftlos werden und ohne die Hilfe der Ärzte in dem Lager in Goma wäre er vermutlich gestorben. Speed kümmerte sich voller Sorge um den Freund. „Haben wir nicht schon genügend Leid gesehen in dieser verdammten Welt", sagte er einmal zu seinem Freund, als der wieder schweißgebadet in den Laken lag und von all den Wirrnissen faselte, die ihm in den vergangenen Monaten widerfahren waren. „Bleibe bei uns auf dieser Welt, vielleicht erreichen wir ja noch was", sagte Speed und fuhr fort. „Vielleicht wird es nicht der eigene Swimming Pool und vielleicht ist es auch nicht die schicke Villa. Möglicherweise müssen wir auf den Aktenkoffer voller Kohle verzichten, aber wir haben's drauf, Maurice, glaube mir." Das hatte die junge

Ärztin, die sich von Anfang an um die beiden Kindersoldaten aus dem Urwald gekümmert hatte. Sie lachte und legte ihre Hand vorsichtig auf Speeds Schulter. „Er kommt schon durch", sagte sie leise und tupfte dem Kranken den Schweiß von der Stirn. Sie kannte es von dem täglichen Irrsinn in dieser vom Westen so vernachlässigten Gegend. Die Weißen zu Hause, die kannten diese Szenen nur aus den schicken Afrika-Filmen, in denen aber am Ende alles immer gut ausging, vor allem für die weißen Charaktere. Für *Madame Docteur,* wie Speed sie nannte, war der Anblick eines fiebernden ehemaligen Rebellen zum tagtäglichen Geschäft geworden. Sie nahm Maurice Blut ab. Das konnten sie in diesem Lager untersuchen. „Er kommt durch", wiederholte sie, als sie sich die Gummihandschuhe von der Hand streifte und lächelte Speed sanft an. Dieses Lächeln berührte den Jungen, der kaum Liebe in seinem Leben empfangen hatte. Selbst die fürsorgliche Juju war nur selten so warmherzig gewesen, dass sie Speed in die Arme genommen oder ihn so sanftmütig angelächelt hätte. In diesem Moment steckte für Speed Magie. Die weiße Frau, *Madame Docteur*, versprühte mit dem einen Satz *Der kommt durch* soviel Hoffnung, dass Speed weniger Angst vor Maurice' Krankheit hatte.

Und tatsächlich versprühte Maurice auch alsbald wieder etwas mehr Kraft. Es gab bei der Hilfsorganisation aber auch regelmäßig etwas zu essen und sie durften viel mehr trinken als im Lager. Außerdem schliefen sie in festen Hütten, die so ähnlich aussahen wie die Container

214

von Gregoire beziehungsweise dem Alten. Dort regnete es nicht hinein und die Feuchtigkeit war nicht überall in den letzten Poren zu finden.

Nachdem Maurice sich wieder erholt hatte, blieben neben den Schmerzen im Rücken noch der schreckliche Schmerz der Sinnlosigkeit dieses Krieges, den er Tag für Tag erfasste. Deutlicher noch als Speed, der zu lange mit Gregoire und Juju und dem Alten in dem Lager gelebt hatte und wenig Erinnerungen an die Zeit davor hatte.

In Maurice' tägliches Denken schlichen sich dauernd Blitze an das scheinbar glückliche Dorfleben ein. Und wie groß war seine Verantwortung dafür, dass sie nun nicht mehr in ihrem Weiler sein konnten? Immer und immer wieder kehrte die Erinnerung an den Anschlag wieder. Er hatte seine Familie ausgelöscht - denn er wusste nicht, dass Mutter und Schwester überlebt hatten. Auch, dass er seinen Freund Laurent auf dem Gewissen haben könnte, dachte Maurice und machte sich für all das verantwortlich. „Das Blut auf der Straße", sagte er eines Tages zu der französischen Ärztin, die sich nach wie vor sehr um den jungen Mann aus dem abgelegenen Dorf bemühte, „es ist geflossen, weil ich so egoistisch war." Sie versuchte ihn zu beruhigen, gab viele Erklärungsversuche ab, dass er nicht der Schuldige war. Aber seine Seele hatte tiefe Kratzer bekommen. Aus dem aufsässigen Rechthaber war ein stiller, fast gebrechlicher junger Mann geworden.

„Du solltest in das Lager gehen und vielleicht dort nachsehen, wer noch am Leben ist", sagte einer der Mitarbeiter des Roten Kreuzes zu Maurice. „Tu es nicht", bat ihn Speed, weil er Angst hatte, dass Maurice nicht mehr wiederkommen würde. Und auch Maurice hatte Angst davor, sich aus der Sicherheit des Roten Kreuzes hier in Goma fortzubewegen. Er wollte nicht wieder die Straßen entlang, die von tausenden Flüchtlingen benutzt worden waren und deren Blut noch dort in den matschigen Fahrspuren klebte, wenn es der Regen nicht fortgewaschen hatte. „Ich kann das nicht", sagte er zu *Madame Docteur* und sie nickte stumm.

Nach vielen grauen Wochen, die Maurice alleine in der Einrichtung verbrachte, sich abschottete und die anfängliche Erleichterung, in Sicherheit zu sein, der Depression gewichen war, verbesserte sich sein Zustand etwas. Speed schaffte es zusammen mit einigen anderen Jugendlichen, Maurice wieder aus der Lethargie zu befreien. Er nahm nun wieder die kleinen Hilfsaufgaben an, die *Madame Docteur* ihm stellte. Seine plötzliche Angst vor den Menschen in den Straßen Gomas war wieder verschwunden. Es hatte Tag gegeben, da versteckte er sich hinter jeder Mauer, wenn er mehr als zehn Menschen auf einem Ort erblickte und es war schwer in Goma den Menschen zu entkommen. Gerade in diesen Tagen des Kriegs, als sie alle aus dem Wäldern kamen um in der Stadt Sicherheit zu suchen, war Goma voller Menschen. Gerade erst hatte die Stadt selbst die Eroberung durch Rebellen verkraftet und die Befreiung durch die Armee erlebt, da sollte sie schon wieder Alltag vortäuschen. Es gelang ihr mal mehr, mal weniger.

„Geht zu dieser Adresse hier", sagte ein Mitarbeiter des Roten Kreuzes zu den beiden Jungen. „Nehmt noch einen dritten Burschen mit", meinte er dann. Und sie sollten dort von einer anderen Hilfsorganisation etwas Kleidung bekommen. „Es ist wohl nicht viel. Einige neue Hosen, T-Shirts, Socken." Die jungen Männer nickten eifrig.

Für Maurice war es noch immer eine Art vorsichtiges Vortasten draußen vor den eisernen Toren der Einrichtung des Roten Kreuzes. Er sah sich vorsichtig um. Unter jedem Lastwagen vermutete er ein Bombe, die explodieren konnte. Speed ging es ähnlicher, aber er hatte bei dem fürchterlichen Attentat keine Familienmitglieder verloren, sodass er es schaffte, etwas besser mit dem Unaussprechlichen klarzukommen.

Die Adresse, die man ihnen aufnotiert hatte, befand sich in der Nähe der Grenze zu Ruanda. Das Nachbarland war für beide Jungs bislang unendliche Ferne gewesen. Obwohl Maurice immer vom Leben in der Stadt geträumt und ganz bestimmte Vorstellungen von Goma hatte, konnte er diese Augenblicke bislang nirgendwo finden. Es blieb finster für ihn. Da waren keine blau schimmernden Swimmingpools, nirgendwo sah er die hübschen Frauen in den edlen Kleidern oder die reichen Männer, die in ihren Aktenkoffern das Geld transportierten. Und Arbeit für Speed und ihn hatten um sie so aus ihrem Elend und der Abhängigkeit der Hilfsorganisation zu holen. Er sah nur leere Augen, gebeugte Männer, einsame Frauen, die Bündel auf dem Kopf trugen. Jugendliche wie ihn, die an der Straße standen und auf irgendetwas zu warten schienen.

Plötzlich riss ihn Speed am Ärmel. „Da!", schrie er und deutete auf eine Gruppe Jugendlicher, die an einer Straßenecke, kurz hinter dem Marktplatz, herumstanden. „Da!", erneut. Maurice aber sah nur eine Masse beigefarbener Klamotten, zerschlissen und fernab aller edler Modemarken. Er erkannte keine Gesichter im Meer dieser

Traurigkeit. Dafür aber Speed umso deutlicher. „Sieh doch genau!", wurde er ungeduldig und begann nun mit den Armen zu wedeln. „Hallo!", schrie er plötzlich über die Straße hinüber. „Laurent!", erst einmal, dann rief er es ein zweites Mal, ein drittes und viertes. Und nun erkannte auch Maurice den Freund. Er sank auf den nassen, lehmigen Boden der Straße und begann zu weinen. „Laurent", schluchzte er, „oh, großer Gott, Laurent, du lebst."

Alsbald lagen sich die Freunde in den Armen und Maurice erfuhr, dass auch seine Mutter und die geliebte Schwester noch am Leben waren. Maurice und Laurent schworen sich noch im ersten Moment des freudigen Wiedersehens, den steinigen Weg fortan gemeinsam zu gehen.

Nadine Morgenbrink

Kakerlakenkind

Roman

Kagabo kehrt zurück nach Ruanda. Der Genozid liegt über zwanzig Jahre zurück. Heute ist er Arzt und es geht ihm gut. Er wird geliebt und hat einen kleinen Sohn. Die Vergangenheit hat er komplett verdrängt. Aber die Kiste mit den Erinnerung bahnt sich doch ihren Weg an die Oberfläche.

268 Seiten, 9,99 Euro
oder als e-Book 7,49 Euro

ISBN: 978-3833491795

Nadine Morgenbrink

Zaubermenschen

Roman

Als auch noch die Alte stirbt, steht das ganze Dorf
Kopf. Manche sind sicher, dass der kleine Yaro schuld
ist daran. Es ist Zeit, dem Spuk ein Ende zu bereiten.
Für Yaro beginnt eine Zeit des Schreckens.

Einfühlsame Geschichte über den Sohn eines vom Al-
binismus betroffenen Lehrers aus Tansania.

548 Seiten, 16,99 Euro
oder als e-Book 10,99 Euro

ISBN: 978-3746091778

Nadine   Morgenbrink

LANDREFORM

Roman

Die junge Irin Dana hat ein Faible für Afrika.
Ein Besuch bei ihrer Freundin Enya in Namibia wird
für sie zum Schicksal, das sie schlussendlich ins Nachbarland Simbabwe führt.
Dort lernt sie Farmer Erik kennen und erlebt nicht
nur einen wunderbaren Sommer, sondern auch die
dramatischen Folgen der Landreform.

572 Seiten, 16,99 Euro
oder als e-Book 9,99 Euro

ISBN: 978-3738-621884